AF286366

Das Buch

Diese Frau weiß, was sie will, nämlich exakt diesen
Mann, seinen Geist und seinen Körper. Aber er will nicht
immer. Immer wieder kommt sie nicht los von ihm und
dafür nimmt sie sehr viel hin. Wer ist hier der Narzisst?
Er oder sie? Ein Liebesroman für unsere Zeit.

Die Autorin

Ruth Herzberg wurde 1975 in Ost-Berlin geboren. Sie
lebt und schreibt in Berlin-Prenzlauer Berg. Nach einem
Drehbuch-Studium an der Filmhochschule Konrad Wolf
in Babelsberg widmet sie sich hauptberuflich dem Schreiben von Prosa. Von ihr erschienen bisher *Wie man mit
einem Mann glücklich wird* (2015), *Wie man mit einem Mann
unglücklich wird* (2021), *Die aktuelle Situation* (2022)
und *Von A bis Z* (2023).

Ruth Herzberg

Wie man mit einem Mann unglücklich wird

Roman

Für dich.

„Nichts ist wahr. Alles ist erlaubt."
Friedrich Nietzsche

„In einer Zeit, in der alles möglich ist, ist es unwichtig,
ob etwas gut ist oder schlecht."
Christoph Schlingensief,
Das deutsche Kettensägenmassaker

„Die Frauen neigen nämlich dazu,
die Bedeutung ihrer Liebhaber zu überschätzen."
Graham Greene, Das Ende einer Affäre

Dies ist ein Roman. Die beschriebenen Ereignisse sind niemals passiert, es handelt sich um eine willkürliche Abfolge von Einbildungen, die meiner offenbar recht üppig blühenden Phantasie entsprungen sind. Es gibt keinerlei Ähnlichkeiten mit lebenden Personen und realen Handlungen und wenn ja, sind diese rein zufällig.

Intro

Keine Sorge, es geht nicht um dich. Dich meine ich nicht. Dich auch nicht und dich auch nicht. Mit uns läufts super. Du bist erwachsen und ich bin erwachsen und deswegen können wir sehr gut ohne einander auskommen. Ich finde es gut, dass du dich zwischendurch nicht meldest (und du auch nicht und du auch nicht und du auch nicht), denn dann muss ich dir nicht sagen, dass ich keine Zeit habe oder mich sonst irgendwie wegen dir stressen.

Ich finde es gut, dass wir so ein reifes Verhältnis zueinander haben, ganz ohne Vorwürfe, Erwartungen, Gejammer und Kontrollsucht.

Das Schöne ist, dass es mit uns nie vorbei sein wird, denn was wir miteinander haben, ist etwas Neues, Anderes.

Nämlich keine Geschichte, sondern etwas Ewiges: eine willkürliche Abfolge von Einzelbegegnungen, ohne Steigerung oder Entwicklung. Wir leben ein modernes, wenn nicht sogar postmodernes Konzept. Wir sind wie *Ulysses* oder *Berlin Alexanderplatz* oder wir sind ein Antonioni-Film oder wir sind Godard.

Wir haben Anfang, Mitte, Ende und Schluss, aber nicht unbedingt in dieser Reihenfolge.

Unsere Begegnungen bilden keine Geschichte, sondern stehen unabhängig voneinander da, setzen unvermittelt ein und hören unvermittelt auf.

Wir dramatisieren nichts und stellen keine Zusammenhänge her. Die nächste Begegnung bringt uns nicht zusammen und die letzte nicht auseinander.

Wenn alles vorbei ist, fangen wir wieder von vorne an. Wir sind die Zukunft und ein Fragment und für immer jung. Und wir auch und wir auch und wir auch.

FRÜHLING

WENN ER SICH morgen nicht meldet, dann ist die Sache gelaufen, es sei denn ich bin total breit und habe ein Handy in der Hand.

Dann schreibe ich ihm nochmal oder ich rufe ihn nochmal an, und er schreibt dann immer noch nicht zurück und geht auch diesmal nicht ans Telefon, und dann warte ich weiter, auf einen Rückruf oder eine SMS.

Beide werden nicht kommen, warum sollten sie jetzt kommen, wenn sie bisher nicht kamen?

Aber immerhin warte ich dann wieder von Neuem. Denn ab jedem neuen Versuch sind seit meiner letzten Nachricht an ihn nicht mehr als hoffnungslose drei bis sieben Tage ohne Antwort vergangen, sondern erst eine Minute oder fünf Minuten oder eine Stunde oder 12 Stunden, ist innerhalb dieses Zeitraums eine Antwort von ihm viel wahrscheinlicher, und das ist ja auch schon mal was.

Also, ich warte, aber es passiert trotzdem nichts, und dann versuche ich es nochmal und warte wieder, und dann geht das immer so weiter, bis ich ihm nochmal schreibe und ihn nochmal anrufe und es damit endgültig vermassle.

Ich darf das aber nicht verteufeln, weil ich eigentlich ganz normal reagiert habe. Weil bei gutem Sex das Bindungshormon Oxytocin ausgestoßen wird, bei der Frau, und sie dann zu allem bereit ist, auch dazu, alles zu vermasseln.

Es ist gut, dass er schon klarer sieht und nicht mehr auf mich reagiert und mich dadurch davor bewahrt, eine Geschichte mit ihm anzufangen.

Machen wir uns nichts vor. Ich plane schon Wochenendreisen. Oder Kinobesuche, oder stelle mir vor, wie es wäre, nochmal mit ihm zu schlafen, oder zusammen mit ihm alt zu werden und in einem kleinen Häuschen in den Bergen am Waldrand zu wohnen, dabei hat er ganz andere Sorgen, muss ganz viel arbeiten oder ist krank oder will mich nicht oder will mich davor bewahren, von ihm enttäuscht zu werden, indem er mich enttäuscht.

Vielleicht meldet er sich ja doch irgendwann wieder. Bis dahin sitze ich eben halb betäubt herum, habe Magenschmerzen und kann mich nicht bewegen.

Ich will einfach nur starr im Dunkeln liegen, mit der Hand zwischen den Beinen, und mich an unsere erste und einzige Begegnung erinnern.

Wie wir uns kennengelernt haben und zusammen nach Hause gegangen sind und ich Musik angemacht habe und wir uns miteinander unterhalten haben und danach miteinander geschlafen haben.

Alles war so easy, so leicht und lustig. Er war mir gleich so nahe, es war so unkompliziert mit ihm, es war, als ob wir einander schon ewig kennen würden.

Endlich war ich mal mit jemandem im Bett, der sich so unter Kontrolle hatte, dass ich sie verloren habe.

Wir haben uns beim Vögeln in die Augen gesehen. Er hat so einen schönen geraden, ehrlichen Blick. Das ist ein zutiefst guter Mensch, habe ich gedacht.

Ich dachte, was für ein Glück, so fühlt sich das Glück an, das ist es jetzt. Das ist er, die Liebe meines Lebens, der Mann, mit dem ich alt werden will.

Ich war mir so sicher, ich habe noch nie zuvor so etwas für einen Mann gefühlt, scheint mir, jedenfalls noch nie in dieser absoluten Klarheit.

Ohne Verwirrung, ohne Zweifel, ohne Angst.

Aber als der Morgen dämmerte und er erwachte, wie kalt waren da seine Augen.

WENN MAN MIT jemandem schläft, gleich nachdem man ihn kennengelernt hat und es war gut, ist das gut. Aber wenn man das nochmal will, aber der andere anscheinend nicht, weil er sich danach nicht mehr meldet und auch nicht zurückschreibt, dann ist das schlecht. Deswegen soll man ja auch mit niemandem schlafen, den man gerade kennengelernt hat. Aber das weiß man ja vorher nicht, dass der sich danach nicht mehr meldet, weil er sich ja so verhält, als ob er sich danach noch melden würde, weswegen man ja dann auch mit ihm geschlafen hat, gleich nachdem man ihn kennengelernt hat.

Außerdem weiß man ja vorher nicht, dass der sich danach nicht mehr melden wird, weil man daran gar nicht denkt, während man mit jemandem schläft, den man gerade kennengelernt hat.

Genau deswegen war es vielleicht auch so gut, mit jemandem zu schlafen, den man gerade kennengelernt hat, weil man sich weiter nichts dabei gedacht hat.

Aber wenn er sich danach nicht mehr meldet, obwohl es doch gut war, dann war es vielleicht doch nicht so gut. Dann hat man sich das nur eingebildet, dass der es auch gut fand und dann muss da im Verlaufe der Begegnung doch irgendwo ein Fehler passiert sein.

Vielleicht war ich ihm zu fett oder zu alt oder nicht schön genug.

Obwohl ich in dieser Nacht das Gefühl hatte, an mir sei alles genau richtig, genauso wie ich fand, dass bei ihm alles genau richtig war.

Eine Freundin erzählt mir Horrorgeschichten von Männern, die sich danach nicht mehr gemeldet haben, obwohl alles super lief.

Ja, ich weiß, von Männern, die sich danach nicht mehr melden, obwohl alles super lief, handeln ganze Film- und Literaturgenres.

Es gibt Lieder darüber, Trilogien, Gedichtbände und alles, was du willst.

Die Freundin meint, ich soll die Hoffnung aber trotzdem noch nicht aufgeben, denn es könnte natürlich sein, dass ich ihm mal nachts in zwei Wochen einfalle, wenn er betrunken an der Bar steht und keine andere in Sicht ist, und dass er sich dann doch wieder bei mir meldet.

Ich könnte ihn dann sofort treffen, wenn das ok für mich sei, und dann sei das eben so.

Sie hätte Freundinnen, erzählt mir die Freundin, die seit drei Jahren auf diese Art Beziehungen führen würden.

Dann philosophiert sie weiter, ob das an den Berliner Männern läge und dass man sich die Männer vielleicht schnappen müsste, wenn sie frisch hierher gezogen seien und noch nicht wüssten, wie der Hase läuft.

Naja, aber ich will doch nicht mit irgendwem schlafen, der frisch hierher gezogen ist, sondern mit dem Mann, der sich jetzt nicht meldet, obwohl alles super lief.

Könnte mich ja vielleicht doch noch mal bei ihm melden, weil ich keine Lust mehr habe zu warten und weil doch nun auch schon alles egal ist.

Ich weiß gar nichts über ihn, weil wir über sowas nicht gesprochen haben.

Von mir aus kann er eine Frau und drei Kinder haben, jede Nacht eine andere bumsen, voll unglücklich in eine andere verliebt sein und über seine Ex nicht hinweg kommen.

Wenn er sich nur bald meldet, wenn er nur nochmal und nochmal und nochmal mit mir schläft.

ICH SCHWEBE, ICH taumle, ich tanze, ich singe, ich strahle, ich drehe durch. Ich habe ihm schon wieder geschrieben, megalocker, megaentspannt, megaschlau, zu einer ganz normalen Tageszeit, nicht total daneben um drei Uhr nachts oder so, sondern um 14 oder 15 Uhr.

„Heyyy, hast du Lust, dass wir uns mal wieder treffen?", habe ich geschrieben und dann irgendein Emoji hintendran gehängt. Und er hat SOFORT geantwortet!

Alles ist easy, alles läuft, bald ist es so weit, bald sehe ich ihn wieder.

ES WAR GIGANTISCH wie immer, aber jetzt weiß ich schon wieder nicht, ob und wann wir uns wiedersehen werden.

Ich kann mich einfach nicht daran gewöhnen. Wo ist er, was macht er? Was stimmt mit mir nicht? Warum bin ich so besitzergreifend? Was soll denn das für eine Liebe sein, die das Gegenüber auf Facebook stalkt, die dem Gegenüber nicht vertraut, die das Gegenüber einfangen und kontrollieren will?

Es war gigantisch wie immer. Ungefähr alle zwei, drei Wochen passiert das jetzt. Ist er plötzlich da, wo ich bin. Abends, nachts oder morgens. Kommt er irgendwo rein, steht er irgendwo rum, sieht mich, grinst und ab da ist alles klar, gehen wir zu ihm oder zu mir.

Es ist immer so, wenn wir uns über den Weg laufen. Undenkbar, dass wir in diesem Falle nicht wenig später schleunigst zusammen nach Hause gehen.

Er will mit mir einen Rap schreiben und dazu einen Videoclip drehen, er will mit mir Serien entwickeln und Videos zu meinen Texten machen. Wir sollten uns unbedingt mal tagsüber treffen und zusammen brainstormen.

Oh ja, sage ich. Total gerne.

Wir könnten doch auch eine Produktionsfirma zusammen gründen, meint er, oder zusammen einen Kurzfilm schreiben oder einen Kinofilm oder einen mehrteiligen Kinofilm oder einen Podcast machen, oder er könnte auch mal Texte vor Publikum vorlesen, so wie ich das regelmäßig mache.

Ja, ich könnte ihn auf jeden Fall einladen, sage ich, das wäre so toll, wenn er mal bei uns auftreten würde, aber er hat ja gar keinen Text, sagt er dann. Er hätte mal welche geschrieben, supergute, aber dann sei ihm in Südafrika das Smartphone ins Klo gefallen und alle seine Texte seitdem im Nirwana, leider.

Aber er will bald mit mir ins Tonstudio gehen, ich soll da meine Sachen einlesen und er macht dann Videos dazu.

Er fände Streetart ja ganz gut und das, was ich schreibe, wäre ja irgendwie auch wie Streetart. Das könnte man kombinieren. Meine geilen Texte und die geile Streetart.

Er könnte mich auch managen und mir Auftritte organisieren. Richtig gut bezahlt. Deutschlandweit. In Hallen.

Dann erklärt er mir, wie genial das sei, was ich schreibe. Völlig crazy und abgedreht, aber genau deswegen so genial.

Wenn er mich in den 1990ern als Werbetexterin ausgebildet hätte, dann wäre ich jetzt auf jeden Fall Millionärin. Mehrfache Millionärin.

Ich könnte doch auch Stand-up-Comedy machen.

Er könnte das filmen und dann an Netflix verkaufen, die seien momentan händeringend auf der Suche nach Content, so wie sie ja auch total scharf auf Serienideen wären, wie überhaupt derzeit alle auf Serien steil gehen, und jetzt soll ich mich aber ausziehen und die hohen Schuhe anziehen und auf denen durchs Zimmer laufen, bis zum Spiegel und da stehenbleiben, ganz genau so und wieder zu ihm und dann nochmal bis zum Spiegel und mich drehen und wieder herkommen und mich dann vor ihn hinstellen und mich umdrehen und nach vorn beugen.

Weiter. Noch weiter. Ganz genau so. Brav. Sehr brav.

Kann sein, dass ich erst durch ihn erkannt habe, wie einzigartig und begabt ich bin, und dass mir noch nie jemand so gut gefallen hat wie er und dass ich deswegen, dass jemand, den ich so gut finde, mich so gut findet, extrem starke Liebe empfinde.

Kann sein, dass ich darum im Himmel bin, wenn wir die Nacht zusammen verbringen.

Kann sein, dass er gesagt hat, dass wir gut zusammen passen.

Kann sein, dass ich gesagt habe, dass wir bestimmt schöne Kinder miteinander bekommen würden, wegen unserer guten Gene. „Na, logo!", hat er geantwortet.

Kann sein, dass wir es ohne Kondom miteinander getrieben haben.

Kann sein, dass ich „Ich liebe dich" zu ihm gesagt habe, währenddessen, im Überschwang.

Kann sein, dass ich mich nicht im Griff habe und alles für ihn tun würde und ich vielleicht die Dinge ein wenig überstürze.

Kann sein, dass ich keinen Durchblick habe.

Kann sein, dass wir uns ein wenig zu schnell ein wenig zu nahe gekommen sind.

Kann sein, dass er deswegen auf Abstand gegangen ist.

Kann sein, dass es nichts zu bedeuten hat, dass ich jetzt schon wieder seit einer Weile nichts mehr von ihm gehört habe.

Kann aber auch sein, dass es was bedeutet.

Kann sein, dass ich mir diese Nähe zwischen uns nur eingebildet habe.

Kann sein, dass ich ihm total egal bin.

Das wäre schrecklich, so absolut schrecklich, wenn er mich nur irgendwie ausgetrickst hätte.

Aber warum sollte er mich ausgetrickst haben?

Oder wenn er mich wegen irgendeiner Kleinigkeit plötzlich nicht mehr mögen würde.

Aber wieso denn? Wegen was denn?

Vielleicht, weil ich zu schnell zu anhänglich geworden bin und ihn darum langweile.

Oder weil er mich nachts in einer Bar aufgerissen hat und er mich deswegen für eine Schlampe hält.

Falls ich ihn jemals wiedersehe, schwöre ich mir, dann werde ich mich seriös und zurückhaltend geben, um den schlechten Eindruck wieder wettzumachen.

Erst fand er mich toll, aber dann ist ihm klar geworden, dass ich nicht ganz rundlaufe.

Unsinn. Der taucht schon wieder auf. Ich brauche keine Angst zu haben.

Ich habe Angst.

Kein Wunder, dass er nichts mehr mit mir zu tun haben will. Er hat gespürt, wie kaputt, wie krank, wie hysterisch, wie obsessiv ich bin.

Aber wie hat er mich durchschaut? Woran hat er meinen Dachschaden bemerkt?

Nein, gar nichts hat er gemerkt. Weil ich nämlich gar keinen Dachschaden habe.

Aber er hat eben auch sehr starke Gefühle für mich und deswegen, weil ihm so etwas noch nie passiert ist, weil er so starke Gefühle noch nie in seinem Leben für eine Frau hatte, geht er jetzt erstmal in Deckung, um nichts zu überstürzen. Um erstmal psychisch damit fertig zu werden, wie sehr ich ihn umgehauen habe.

Haha. Genau.

Er ist ja auch schon ein paar Jährchen älter als ich, und er wollte einfach nur Sex und weiter nichts.

Und den auch nicht unbedingt, jedenfalls nicht unbedingt mit mir, sonst hätte er sich mehr darum bemüht.

Also mir mal von sich aus geschrieben und mich um ein Treffen gebeten.

Aber warum sollte er, wenn ich mich doch ständig so hartnäckig darum bemühe, braucht er doch gar nichts zu machen.

Ich blicke nicht durch, aber ich vermisse ihn trotzdem, aber er ist weg und kümmert sich nicht um mich.

Ich muss jetzt loslassen und weitermachen, ist doch klar.

Darf nicht immer an ihn denken. Zum Beispiel bei Bar, weil wir uns da kennengelernt haben, oder bei Stadt, weil wir da wohnen, oder bei Straße, weil wir die entlang gingen, auf dem Weg zu mir. Oder bei Weg.

Oder bei mir.

Sogar wenn ich MICH im Spiegel ansehe, denke ich an ihn. Ich sehe mich im Spiegel an und frage mich, was er sehen würde, wenn er mich sehen würde.

VIELLEICHT WURDE ER von Außerirdischen entführt oder hatte einen Unfall, ist beim Skateboardfahren gestürzt und erstens auf den Kopf gefallen und zweitens auf sein Handy, also, es wurde zerschmettert, alle Kontakte gelöscht, und nun liegt er mit Koma und Amnesie im Krankenhaus und morgen veröffentlichen sie sein Bild in der Zeitung:

Wer kennt diesen Mann?

Schön wärs, aber bestimmt geht es ihm gut und er hat einfach nur keine Lust darauf, mich wiederzusehen.

Dass er meine Großartigkeit ablehnt, ist so eine bodenlose Frechheit und Unverschämtheit. Allerdings bin ich auch nichts wert. Es gibt Leute, die unaufgefordert Dessert mitbringen, wenn sie bei Freunden zum Essen eingeladen werden. Auf sowas würde ich niemals kommen.

Bin keine gute Hausfrau, nicht besonders fürsorglich. Richte keine Grüße aus, gratuliere niemandem zum Geburtstag. Denke nur an mich, will alles geschenkt haben. Habe keine besonderen Fähigkeiten, keinen Job, kein Geld. Habe keine großen Reise- oder Outdoorerfahrungen. Kein Tauchen, kein Iron Man, kein Bumerang, keine Bazooka, kein Bungee Jumping, kein Business English. Bin zu nichts zu gebrauchen. Außerdem schon alt.

Ich werde es auch nicht mehr weit bringen, denn ich bin auch so leicht zu befriedigen und auf jeden Scheiß stolz. Ich bin schon stolz, wenn ich mal drei Runden Joggen war oder die Spülmaschine eingeräumt habe oder beim Fahrradfahren nicht umfalle. Hab nicht mal einen Führerschein.

Du bist wie die Dritte Welt, hat ein Kumpel neulich zu mir gesagt. Du tauchst einfach unter der Moderne durch. Autos werden sowieso demnächst abgeschafft und dann kommst du und kannst Fahrradfahren und steckst sie alle ein!

Ja, ich bin wie die Dritte Welt. Das hat mich getröstet. Es gibt ja auch Leute, die gern in die Dritte Welt reisen und die sterben dann unter ungeklärten Umständen an einem Strand oder in einem schrottigen Hostel.

Deswegen würde ich nie in die Dritte Welt reisen und mit mir auch besser nichts anfangen. Obwohl das eine bodenlose Frechheit und Unverschämtheit ist, denn ich bin eine fantastische Frau.

Ich weiß das, denn neulich hat mir jemand einen Drink ausgegeben, und es gab welche, die wollten ein zweites Mal mit mir Sex haben. Ich habe mir bei Obi eine schöne Mütze gekauft und kann Bierflaschen mit dem Feuerzeug öffnen und Zigaretten drehen, das immerhin.

Er aber kann alles:

Motorrad fahren, Skateboard fahren, Longboard fahren, tauchen, rauchen, Waschmaschinen bedienen, Wasser holen, Heizungen an- und ausdrehen, Auto fahren und Panzer fahren und sticken.

Bierflaschen mit dem Feuerzeug öffnen, kann er natürlich auch und Zigaretten drehen auch. So haben wir was gemeinsam und einer gemeinsamen Zukunft sollte nichts im Wege stehen. Vorausgesetzt, er reist gern in die Dritte Welt und erwacht wieder aus dem Koma.

Mittlerweile geht es mir schon viel besser. Ich weine auch nicht mehr, wenn ich eine Serie im Rechner schaue, wo dann der Lover von der Frau einfach bei ihr auf der Treppe sitzt und auf sie wartet, weil sie das Date vergessen hat, weil bei mir noch nie ein Liebhaber auf der Treppe gesessen und auf mich gewartet hat und ich auch noch nie ein Date vergessen habe.

„KLAAAAR WILL ICH dich wiedersehen", hat er geschrieben. „Aber ich sitze dauernd bis Ultimo im Schnitt."

Na also. Es geht weiter. Endlich hat er sich zurückgemeldet.

Ich bin so ein Egoist. Der Arme. Ständig am Arbeiten. Und ich unterstelle ihm sonstwas.

Er könnte ja nach der Arbeit vorbeikommen, von mir aus auch mitten in der Nacht.

Aber wenn ich ihm das schreibe, dann merkt er ja, dass er sich bei mir überhaupt keine Mühe geben muss.

Aber das weiß er doch sowieso schon.

Dann verliert er jeglichen Respekt vor mir.

Aber er hat doch sowieso keinen Respekt vor mir. Sonst würde er mich doch nicht ständig so auflaufen lassen.

Dann kann ich ihm das ruhig schreiben, dass er jederzeit nachts zu mir kommen kann.

Der ist kein Mann wie alle anderen.

Der ist sehr unsicher. Der braucht das so, dass man ihm hinterherläuft. Er kann mich erst dann wiedersehen, wenn er absolut sicher sein kann, dass ich das unbedingt will.

Anders kann ich mir das nicht erklären, dass er so schwer zu erreichen ist.

ICH BIN JETZT seit ein paar Tagen Single. Am Anfang war es noch schön. Ich habe meine neue Freiheit genossen, viel Tee getrunken und in der Teestube viele neue Bekanntschaften geschlossen, die ich dann näher kennengelernt habe. Aber ich vertrage auf Dauer nicht so viel Tee und habe auch keine Lust, noch mehr neue Bekanntschaften zu schließen und die dann näher kennenzulernen. Ich würde meine neuen Bekanntschaften jetzt gern etwas weiter vertiefen. Aber meine neuen Bekanntschaften haben leider keine Zeit und auch schon so viele Bekannte. Nun hätte ich aber bis Ende der Woche doch gern wieder einen festen Freund. Auch weil ich mit der Einsamkeit nicht zurechtkomme.

Schon seit einer halben Stunde schweigt das Telefon und ich spiele tatsächlich mit dem Gedanken, mir schon wieder einen Tee zu kochen.

Aber ich muss auf meine Linie achten, also, dass sie gleichmäßig und gerade ist und schön kleingehackt.

Wenn ich mich einsam fühle, trinke ich neuerdings Tee und achte auf meine Linie, weil ich das Gefühl sonst einfach nicht mehr aushalte.

Früher habe ich in solchen Situationen Tagebuch geschrieben und wenigstens das war dann romantisch, denn meine Tränen tropften aufs Papier und verwischten die Schrift und machten sie unleserlich. Aber jetzt schreibe ich am Rechner und wo sollen meine Tränen denn dann hintropfen? Bitte nicht auf die Tastatur, weil die ja dann nicht mehr funktioniert. Also tropfen die Tränen erst ins Leere, dann durch die Leere hindurch und dann auf meine bequeme Haushose.

Ich müsse lernen, mir selbst zu genügen, sagt eine Freundin, die schon seit zwei Wochen Single ist, denn sonst käme ich so desperate rüber und das merkten die neuen Bekanntschaften dann und dann klappe das nicht mit dem festen Freund bis zum Ende der Woche. Aber wirkt das nicht auch desperate, wenn man extra nur deswegen lernt, sich selbst zu genügen, weil man wieder einen festen Freund haben will? Ich meine, ich kann doch nicht extra glücklich sein, bloß weil ich einen Mann haben will.

„Hast du es schon mal mit Meditation probiert?", fragt die Freundin.

Ich will nicht meditieren, ich will vögeln.

Aber sie hat recht. Niemand will jemanden vögeln, der vögeln will.

Ich muss mich zusammenreißen, inneren Frieden finden und dann klappt das schon mit dem Partner. Abwarten und Tee trinken.

Ich bin ganz ruhig. Ich habe ja noch ein paar Tage Zeit bis zum Ende der Woche.

„VERGISS IHN, ER ist ein Idiot", sagen die Leute. Und: „Was willst du mit dem, er ist ein Blender, ein Aufreißer, sowas hast du nicht nötig, du hast was Besseres verdient."

Unsinn. Sie kennen ihn doch gar nicht. Es gibt keinen Besseren als ihn, ich sehe jedenfalls keinen, ist ja nicht so, dass ich nicht sofort jemand Besseren als ihn nehmen würde, weil ich keine Lust habe, jemandem hinterherzurennen, der sich nicht um mich kümmert, aber niemand, dem ich begegne, ist wie er und besser erst recht nicht.

Es gibt keinen Besseren als ihn und darum habe ICH ihn nicht verdient.

Wie erbärmlich, dass ich mir das überhaupt eingebildet habe.

Wie erbärmlich, dass ich Sex nicht von Liebe unterscheiden kann.

Ok, ich vergesse ihn, ich lösche seine Nummer, ich laufe ihm nicht mehr hinterher.

Ich denke an meine armen kleinen Nachrichten, die auf seinem Display aufblinken. Was macht er mit ihnen? Klickt er sie einfach weg?

Ich will versuchen, ein besserer Mensch zu werden, ein würdiges Mitglied der Gesellschaft.

Nicht so ein haltloses Weibchen im Würgegriff seiner Hormone.

Schluss mit dem Nachtleben, den Hirngespinsten und der Schlampigkeit.

Ich werde von jetzt an früh aufstehen, mich gesund ernähren, regelmäßig Sport treiben, meine Wohnung in Ordnung halten, eine ordentliche normale Frau werden.

Eine selbstsichere, integre Frau, die mitten im Leben steht und die von Männern nicht als Schlampe abgestempelt wird.

Eine wertvolle Frau, in die wertvolle Männer sich verlieben können.

Eine wertvolle Frau, bei der Hallodris wie er keine Chance haben.

Er war zuletzt vor 20 Minuten im Messenger online, aber meine Nachricht steht auf ungelesen und es ist jetzt 23 Uhr.

Er hat sich bisher nicht bei mir gemeldet, aber bei anderen anscheinend schon. Er hat 13 neue Freunde auf Facebook,

davon sehr viele Frauen, und die haben nur ihn als gemeinsamen Freund mit mir.

Frauen jeden Alters und jedes Schönheitsgrades und
Bildungsstandes. Beliebig zusammengewürfelt, von fern
und nah, aus Innenstädten und Vororten.

Kann was mit seinem Beruf zu tun haben. Muss aber nicht.

Was habe ich denn gedacht? Habe ich etwa gedacht, ein
Kerl, den ich nachts in einer Bar kennenlerne, wird mein
neuer Freund?

Was ist los mit mir? Ich stalke ihn auf Facebook. Ich bin
sowas von gestört. Ich will sowas nicht. Ich entfreunde
ihn und schließe den Fall ab.

ICH WERDE MEINE Ziele wohl nie erreichen. So nicht. Ich werde hier in meinem Bett sterben und enden als apathisches Emotionsbündel, mit einem Bein über der Decke, mit dem anderen im Knast. Zu schlapp, um die Dinge anzupacken. Körperlich auch gar nicht in der Lage dazu. Wegen Hexenschuss und depressiver Verstimmung. Ich brauche halt so einen starken Mann, der sagt, los, Schätzchen, komm Schätzchen, ich kümmer mich, du bist die Geilste, die Frau meines Lebens. Ich buche jetzt 6 Wochen Italienurlaub für uns. Ich hol unsere Kinder aus der Kita ab, gehe einkaufen und koche uns was zu essen und dann bringe ich die Kinder ins Bett und dann ficke ich dich durch, dass du nicht mehr weißt, wo oben und unten ist, und dann mache ich dir Komplimente und dann lasse ich dich in Ruhe und dann bringe ich die Kinder zur Kita und dann fahre ich mit dir nach Mitte und geh mit dir in alle Galerien in der Auguststraße und kauf dir Kunst und dann kauf ich dir neue Klamotten und lade dich zum Essen ein und dann fahren wir nach Hause und ich ficke dich so richtig durch, dass du nicht mehr weißt, wo oben und unten ist, und dann mache ich deine Steuererklärung und dann putze ich die ganze Wohnung und dann besorge ich dir Koks und frage nicht nach, wo du heute Nacht hingehst, und wenn du wieder nach Hause kommst, nehme ich dich in den Arm und koche dir Tee und kümmer mich um die Kinder und dann ficke ich dich wieder so durch, dass du nicht mehr weißt, wo oben und unten ist.

Dann will ich alles von deiner psychischen Situation wissen und hör mir an, was du geschrieben hast, und geb dir gute Tipps und bring dich groß raus und dann bin ich schön und habe einen schönen Körper und weiche Haut und starke Arme und einen großen Schwanz und ich habe einen coolen Job, mit viel Verantwortung, und ich bin ein Chef und habe trotzdem immer Zeit für dich und bin nie gestresst von meiner Arbeit und kann immer coole Geschichten davon erzählen und habe ganz viel gelesen und weiß ganz viel und habe immer einen guten Rat für dich und höre dir so gern zu, denn alles, was du sagst, das ist so unendlich weise und interessant und witzig und bewundernswert und dann ficke ich dich wieder so durch, dass du nicht mehr weißt, wo oben und unten ist, und ich werde dich nie verlassen und deine Kinder auf gute Schulen schicken und ihnen den Klavierunterricht bezahlen und uns eine Wohnung kaufen und ein fettes Auto mit Klimaanlage und Tiefgarage und noch eine Wohnung in Paris und eine in New York und später zahl ich dir neue Titten und eine neue Nase und neue Zähne und einen Personal Trainer und ich werde mich nie gehen lassen und immer duften und auch bei den Sextechniken auf dem neusten Stand sein und nie einfach so nach zwei Minuten kommen und dann sofort einschlafen, aber wenn du das machst, ist das voll ok, und ich werde mit den Kindern die Hausaufgaben machen und dir die Nägel lackieren und dir versaute Nachrichten schicken und dich loben, wie gut du alles schaffst, und deine Ohren und deine Augen und deinen Körper und deinen Geist und dich nie volljammern und nie Trost suchen und nie Türen knallen und dich nie anschweigen und dich nie volltexten und immer halten, was ich dir versprochen habe, und dich ewig lieben. Amen.

BIN NACHTS IN der Bar in ihn reingerannt. Oder er in mich.

Es war gigantisch wie immer.

Alles ist ok. Ich hätte mich nicht so verrückt zu machen brauchen. Er hatte so irre viel zu tun, hat er erzählt und er war im Ausland und er erzählt mir in allen Details, was er gemacht hat und wo er alles war und welche Schwierigkeiten es zu überwinden galt. Er klingt dabei wie ein gestresster Ehemann, der nach einem harten Arbeitstag zu seiner Frau nach Hause kommt, in die Wärme eines gepflegten Eigenheimes, und ich bewundere ihn für seinen Durchblick und seine Professionalität und ich sage, dass ich stolz auf ihn bin, weil er so viel geleistet hat in den letzten Wochen und so weit herumgekommen ist, und es verlangt mich danach, ihm Pantoffeln hinzustellen und ein kühles Bier zu servieren sowie Würstchen mit Kartoffelsalat.

Aber zurückschreiben können hätte er mir zwischendurch, erkühne ich mich zu sagen und mache einen Schmollmund.

„Na, na, na", sagt er, greift mich bei den Schultern und dreht meinen Oberkörper zu sich und streicht mir das Haar aus der Stirn, hebt mein Kinn und verlangt: „Sieh mich an."

Ich gehorche und dann fixiert er mich mit diesem stahlharten geraden Wahnsinnsblick.

Jetzt sei er ja hier, sagt er, und er wäre nicht hier, wenn er mich nicht mögen würde, und was ich denn überhaupt drunter hätte, ob ich mir freundlicherweise mal sofort den Pulli ausziehen würde?

Es war gigantisch wie immer.

Ich muss einfach Vertrauen haben. Er hat doch gesagt, dass er viel arbeiten muss, selten in der Stadt ist und wenig Zeit hat.

Außerdem: So eine Nacht von der Art, wie wir sie miteinander haben, so eine intensive Begegnung, ist allerhöchstens alle zwei bis drei Wochen machbar, wenn überhaupt.

Öfter kann so etwas gar nicht gehen. Er gibt nämlich zuverlässig immer alles, wenn wir uns sehen.

Er trifft mich nur dann, wenn er auf maximalem Energielevel ist.

Es ist jedes Mal der Wahnsinn. Das Reden und die Versprechungen und dann der Moment, wenn ES losgeht. Wenn er diesen bestimmten Blick bekommt und nach mir greift.

Ab da stehe ich unter seinem Bann. In meinem Kopf hakt etwas aus und willenlos unterwerfe ich mich seinem Kommando.

Genau darum geht es doch und das ist es und warum reicht mir das nicht?

Er darf nie, niemals mitbekommen, dass ich komplett von ihm besessen bin, und dann wird alles gut.

ICH ARBEITETE BEI ihm als Putzfrau in einer alten Villa am Waldesrand. Er war Schriftsteller. Das Geräusch, wenn er auf der alten Schreibmaschine tippte, war im ganzen Haus zu hören. Obwohl er erst Mitte 30 war und dunkle Haare und tiefblaue Augen hatte, bevorzugte er die ewige Einsamkeit. Eine tiefe Melancholie umwehte ihn. Während ich in meinem kurzen schwarzen Rock und den schwarzen Feinstrumpfhosen auf allen Vieren das alte Parkett im Salon bohnerte und das Schreien der Wildgänse, die in den warmen Süden flogen, durch die geöffneten Fensterflügel drang, welche die Aussicht auf den verwilderten Park boten, bemerkte ich plötzlich seine Anwesenheit hinter mir. Die Tippgeräusche waren schon seit einer Weile nicht mehr zu hören gewesen. Stattdessen spürte ich seine kräftigen Hände auf meinen Hüften, und ehe ich mir bewusst werden konnte, was geschah, hatte er mir schon den Rock hochgeschoben und die Strumpfhose zerrissen und bohrte seinen Finger in meine Möse, die sofort feucht geworden war, und nachdem er wenig später mit einem gezielten Griff meine weiße Seidenbluse zerrissen hatte und dann an meinen Brüsten saugte und mein nackter Hintern auf dem noch feuchten Parkettboden fror, aber ich gleichzeitig vor Lust verging, nachdem er seinen riesigen harten Penis an meiner Muschi rieb und er mich danach zu dem roten Samtsofa trug und mich bäuchlings darüber legte und er in mich eindrang und lange Zeit einfach nur langsam seinen Schwanz in

mir hin und her bewegte, so dass ich vor Lust schrie und
ihn bat zu kommen, weil ich es kaum mehr ertrug, und
er mich dann an den Haaren zog und mir seinen Schwanz
in den Mund steckte und mir dabei die Brüste knetete
und danach meine Beine nach oben bog, um erneut in
mich einzudringen, und sich diesmal aber in schnellen
hastigen Stößen bewegte, so dass ich beinahe die Besin-
nung vor Lust verlor, und es schließlich tat, als er sich mit
einem Schrei in mich entleerte und sein warmes Sperma
mir danach an den Innenseiten meiner Schenkel hinun-
terlief und wir beide außer Atem nebeneinander lagen
und uns in die Augen sahen, fragte ich mich, warum mir
das immer wieder passierte, wie damals, als mir diese zwei
berühmten Schauspieler auf die Damentoilette folgten
und einer mir den Mund zuhielt und der andere mir seine Zunge zwischen die Beine schob und mir keiner half,
als der eine mich festhielt, während der andere mir einen
Finger in den Hintern schob und mich gleichzeitig pene-
trierte und dann der andere mich mit seinem Schwanz
fast erstickte, so dass meine Lustschreie nicht zu hören
waren und auch er mich dann fickte, und am Ende wichs-
ten sie mich beide voll und ihr Sperma tropfte auf meine
schwarzen Wildlederstiefeletten, und ich seitdem an
nichts anderes mehr denken kann, weil ich will, dass es
wieder passiert, und ich nichts mehr habe als die Erinne-
rung daran, und ich wünschte, es wäre nie passiert, und
ich könnte normal weiterleben, anstatt bei jeder Banane,

Gurke und Zucchini an Schwänze zu denken, und ich mich auf kein Fahrrad mehr setzen kann, wegen der Reibung, die Bilder hervorruft, die mich schwach werden lassen, und mir nichts übrig bleibt, als abzuwarten und zu hoffen, dass es vorbeigeht, und ich auf den Tod warte oder daran denke, aufs Land zu fahren und das Vergessen in einem alten Kloster zu finden oder mal wieder ein Buch zu lesen und die Wohnung aufzuräumen und wieder zu lernen, welche Dinge Menschen tun, die einfach so leben und die vielleicht noch andere Ziele haben, als gefickt zu werden, und die nicht von Erinnerungen heimgesucht werden, und vielleicht eines Tages so zu werden wie sie und fröhlich lachend in einem Frühstückscafé zu sitzen oder sich um eine Steuerangelegenheit zu kümmern oder sich über einen zu lauten Nachbarn aufzuregen oder Klavierunterricht zu nehmen oder sich über den Chef zu ärgern oder sich über das Insektensterben Sorgen zu machen.

ICH HABE ES abends nicht allein zu Hause ausgehalten. Totale innerliche Unruhe. Vorgestern bin ich noch die ganze Nacht von ihm durchgevögelt worden, aber das scheint mir ja nicht zu genügen. Ich bin unerträglich, undankbar, ich kriege nie genug.

Ich bin ein Vampir. Ich bin unersättlich. Ich bin süchtig. Ich bin zum Davonlaufen. Ich bin nie zufrieden.

Gerade war er noch bei mir, aber dann reißt der Kontakt ab, er schreibt nicht zurück und ich stelle alles in Frage.

Echolos verhallen meine Rufe im Nichts.

Deswegen betrinke ich mich haltlos mit allen, die mir in die Quere kommen, und zwischendurch rufe ich ihn heimlich an, soll keiner merken, dass ich einem Typen hinterherrenne, aber er hebt nicht ab.

Es ist ja auch schon nachts um drei oder vier, bestimmt schläft er schon. Vögelt er eine andere? Ach, Unsinn, geht ja gar nicht, so wie er sich bei mir verausgabt hat, oder doch?

Ich bin betrunken und paranoid, ich hasse mich dafür, dass ich ihm so etwas unterstelle, andererseits haben wir uns Treue oder dergleichen nicht versprochen, ist er mir gegenüber zu gar nichts verpflichtet, kann er machen, was er will, und ich übrigens auch, und es ist gut möglich, dass ich es auch tue, denn ich bin heiß und die Nacht ist es auch, und es ist ja nicht so, dass ich nicht auch Optionen hätte.

Ich bin so eine gnadenlose triebgesteuerte Egoistin.

Er hat doch gesagt, dass er höllische Meetings vor sich hat und klar war er danach geschlaucht und müde und er muss morgen arbeiten und wir haben uns doch gerade erst gesehen.

Er liegt jetzt bestimmt allein in seinem Bett und schläft einen rechtschaffenen Schlaf und ich bin mitten in der Woche mit lauter Leuten in der Bar.

Ich bin betrunken und will ihn schon wieder, will schon wieder Sex mit ihm haben, obwohl wir doch gerade welchen hatten.

Ich bin das Allerletzte, weil es sein kann und sogar im Laufe der Nacht immer wahrscheinlicher wird und letztendlich auch passiert, dass ich mit jemand anderem nach Hause gehe oder jemand anderen zu mir mitnehme.

Ich bin das Allerletzte, weil ich, ich verstehe auch nicht, was mit mir los ist, mich vorhin auf dem Klo schon habe küssen und befummeln lassen, weil ich ES irgendwie gerade brauche, und wenn er nicht liefern kann, weil er wichtige Meetings hat, dann schnappe ich mir sofort jemand anderen.

Er ist fort und bleibt unerreichbar und ich bin schlimm, ich bin schlimmer als die schlimmste Hure, ich bin eine dauergeile Nutte, ich bin das letzte Biest am Himmel ...

ERST SASS ICH an dem Tisch und dann kam der Typ rüber und der erzählte mir, dass er Faxe an die UNO geschickt hätte, weil hier ein großer Landraub im Gange sei, aber die UNO hätte nicht geantwortet, also kein Fax zurückgeschickt, und das sei auch eine Antwort. Das Schweigen der UNO wäre die Bestätigung, und ob ich wüsste, was das Wort (er sagte es extra langsam) USURPATION bedeute. „Ja", sagte ich, nahm mein Bier und setzte mich an die Bar. Der Typ an der Bar, der neben mir saß, kam nicht auf mich klar, ich sei ihm zu viel, sagte er, dabei hatte ich ihn nur gefragt, was er den ganzen Tag macht. Aber die Frage kann leicht Panik auslösen und ich selber bekomme Panik bei dem Gedanken, was ich den ganzen Tag so mache. Jedenfalls ging er dann, und ich bestellte mir noch ein Bier und grinste still vor mich hin, um nicht noch panischer zu werden, und dann setzte sich ein scheinbar ganz normaler Mann neben mich, der war gut gelaunt, weil er gerade im Puff gewesen war, und nun wollte ich Details, also, was es kostet und ob es gut war und ob es nicht seltsam ist, sich Sex zu kaufen, und ob das so ein Machtding ist oder nur die hygienische und einfache Erfüllung eines Bedürfnisses oder beides. Also das, was sich eben alle fragen, die noch nicht im Puff waren. Zum Glück kamen wir schnell überein, das Thema zu wechseln, weil das ja doch eine sehr private Angelegenheit ist und ich dann eigentlich doch nicht so viel Details wissen wollte, und das traf sich gut, denn er wollte ja auch keine erzählen.

Es stellte sich dann heraus, dass er Polizist ist, so ein richtiger mit Uniform und Schlagstock und Handschellen, und da bekam ich ein bisschen Angst vor ihm, und er sagte, das sei ganz normal, wenn er mich schon so sehen würde mit meiner neongelben Wollmütze, da würde ihm ganz anders werden, und ich merkte schon, dass er eine wie mich gern verhaften würde, und das liegt ja auch nahe, es ist ein Wunder, dass ich noch frei herumlaufe, obwohl ich ja gar nichts angestellt habe, aber potenziell ist es doch so, dass ich mit Recht und Gesetz auf Kriegsfuß stehe, und weil das so ist, bin ich besonders gesetzestreu, weil ich um Polizisten lieber einen großen Bogen mache, auf dem Bürgersteig und ohne Licht.

Ihm war das vollkommen klar und er sagte: „Polizisten und Intellektuelle …", und machte so drei Punkte und führte das nicht weiter aus. Wir wussten ja, was gemeint war, und man muss nur mal Kafka lesen, also den Prozess und das Schloss und auch sonst alles, um zu wissen, dass sich Intellektuelle und staatliche Gewalt einfach nicht miteinander vertragen. Er sah sich in der Bar um und meinte, dass eigentlich jeder hier … und dass er ja eigentlich jeden … also, wenn er die schon alle sähe … und er machte wieder drei Punkte und winkte ab und ich stimmte ihm zu, und ich fragte mich, aber nicht ihn, ob er als Polizist überhaupt hier sein dürfte, hier und schon gar um diese Uhrzeit. Aber ich fragte ihn das nicht, weil das natürlich eine dumme Frage war, genau wie die, ob er als

Polizist überhaupt in den Puff gehen dürfte. Prostitution ist ja legal und natürlich darf er als Polizist in den Puff gehen, weil ja auch Puff und Polizei beide mit P anfangen. Wie auch Bulle und Bordell beide mit B anfangen. Und der Bulle und die Nutte ist ja eigentlich auch eine ganz gute Kombi.

Es wäre sogar ein guter Filmtitel: Der Bulle und die Nutte. Also ich würde mir den Film jedenfalls ansehen. Wahrscheinlich stellen Polizisten und Richter und Finanzbeamte den größten Anteil der Puffgänger. Die und die Gangster und die Gangsterrapper.

Er war Polizist im Abschnitt Mitte / Tiergarten und als solcher natürlich in Berlins blutigem kaputten Herzen für Recht und Ordnung zuständig, nämlich auf dem Alexanderplatz, und er sagte, es sei die totale Härte da, es sei alles genau so, wie es in der Zeitung steht, und ob ich schon mal da gewesen sei. Ja, klar, sagte ich und dachte an die Galeria Kaufhof, wo ich mich im Vorbeigehen in der Parfümabteilung schick mache oder manchmal Socken kaufe, oder ich war auch schon beim Saturn am Alex und habe dort der Versuchung widerstanden, mir eine Wurst vom Grillwalker zu kaufen, ich habe immer Lust auf Wurst vom Grillwalker, wenn ich beim Grillwalker vorm Saturn am Alex vorbeigehe, aber das würde nun wirklich zu weit gehen, sowas zu essen, obwohl das eine unwiderstehliche Vorstellung ist, bei minus 15 Grad und sibirischem Nordwind auf dem Alex vorm Saturn eine

100 Grad heiße Grillwalker-Wurst zu essen. Das ist wie Sauna und ein totaler Flash, die totale Hitze und die totale Kälte in einem und danach so ganz fettige Hände und Bauchweh und Selbsthass und sich fühlen, als wäre man Woyzeck, also so beschmutzt, als hätte man zu viel Erbsensuppe gegessen und danach jemanden umgebracht.

Also, ja, ich war schon auf dem Alex.

Aber ich solle mal nachts dahin gehen und einfach nur allein vom Neptunbrunnen zur S-Bahnstation rüberlaufen, sagte er, und dann sehen, was die 16-jährigen Afghanen und Marokkaner und Albaner dann mit mir anstellen würden, ja, ich solle das unbedingt einfach mal machen, weil dann würde ich wissen, was wirklich in dieser Stadt los ist.

Irgendwie hatte sich jetzt so ein erotischer Unterton in unser Gespräch eingeschlichen und ich hatte langsam Befürchtungen, dass ich dazu fähig sein könnte, mit diesem Polizisten zu schlafen, und nun bekam ich doch wirklich Angst vor mir, denn mit einem Polizisten zu schlafen, der kurz vorher auch noch gerade im Puff war, das wäre in etwa so, wie eine Schweinewurst vom Grillwalker am Alex zu essen. Ein absolut unmoralischer und deswegen umso geilerer Vorgang und ich wusste, ich muss jetzt ganz schnell weg, auch weil ich mir schon sagte, dass es voll ungerecht wäre, wenn er die Nutte im Puff für Sex bezahlen würde und mich aber nicht, und als ich zu überlegen begann, so ganz tief im Hinterkopf, ich konnte diesen Gedanken natürlich nicht stoppen, er lag einfach zu nahe, als ich also zu überlegen begann, ob ich 100 Euro von ihm verlangen könnte, ob das ein guter Preis für mich wäre und ob ich Aufschlag nehmen sollte für Französisch oder Ähnliches oder ob ich doch lieber 150 pauschal verlangen sollte, also Sex mit allem, worauf er Bock hätte, damit man da nicht so peinlich die einzelnen Posten zusammenrechnen müsste, oder ob dann aber 150 als Pauschalpreis nicht zu billig wären, und dann müsste man ja auch bedenken, ob das als Stundensatz abzurechnen wäre und ich dann währenddessen auf die Uhr sehen müsste und ob ich dann nicht doch lieber 200 verlangen sollte oder lieber gleich 1.000 und dann die ganze Nacht plus Hotel und Alkohol. Da wusste ich, ich muss sofort nach Hause gehen, bevor es zu meinem totalen moralischen und infolgedessen psychischen Zusammenbruch käme. Zum Glück kam dann ein Typ an, der aussah wie der junge Rainer Werner Fassbinder und sich auch so benahm, und der hat mich dann gerettet und so habe ich die Kurve gekriegt und ich sehe hoch zum Himmel und danke Gott, dass der Bulle nur mein Bier bezahlen musste, aber nicht mich.

WARUM ICH MICH nicht mehr bei ihm gemeldet habe, fragt er mich. Und ich sei wie er und er würde mich besser kennen, als ich mich selbst. Vielleicht hat er recht. Schließlich hat er mit seinem Penis mal das Innere meiner Vagina berührt.

Er ist total betrunken. Das Weiße seiner Augen ist rosa. Er drückt mir einen Stapel Visitenkarten in die Hand. „Aber die habe ich doch schon", sage ich. Seine Augen werden noch röter. Er tut so, als hätte ich ihm das Herz gebrochen.

Er hat noch Ecstasy dabei, sagt er. Ich folge ihm aufs Klo. Er will mich küssen.

„Gib erst die Pille", sage ich.

Das Leben ist kein Ponyhof.

Kein Kuss – keine Pille, keine Pille – kein Kuss.

„Du spinnst!!!!", sagt er und rennt weg, der Mann der mich besser kennt, als ich mich selber, hat mich verlassen.

Dann ist ER plötzlich wieder da. Nach all diesen langen Wochen. Warum er sich nicht mehr gemeldet hat, frage ich ihn. Das Weiße meiner Augen ist rosa, ich bin sehr betrunken.

„Alles ist ok, ich finde dich viel geiler, als du dich selber findest", sagt er. Und wir gehen zu ihm. Er berührt das Innere meiner Vagina mit seinem Penis, es ist so schön mit ihm, es ist alles viel zu schön und danach muss ich sofort gehen. Bevor er genug von mir hat.

Ich kann nicht schlafen und lese im Internet meine Horoskope. Vielleicht steht da was über ihn drin? Ob wir eine Zukunft haben, ob er mich eines Tages auch lieben wird.

Ich lese Jahreshoroskope, Wochenhoroskope, Tageshoroskope, Stundenhoroskope, Minutenhoroskope, Sekundenhoroskope.

Da steht, dass ich im November viel Geld haben werde, dass ich ab der zweiten Märzhälfte vielleicht jemanden kennenlernen werde, dass ich auf meine Gesundheit achten soll, dass ich aus dem Saturn raus bin und dass jetzt der Jupiter kommt.

Aber er steht nicht drin, also stehe ich auch nicht drin, beschließe ich.

Ich muss abwarten, wie es weitergeht. Aber egal, ob man wartet oder nicht. Die Zeit vergeht trotzdem. Ich kann nicht schlafen, ich kann nie mehr schlafen, weil ich warten muss. Aber zum Glück brennt im Internet immer Licht, das Internet ist gut im Bett. Ich warte und sehe mir an, wie Richie Hawtin beim Auflegen im Amnesia plötzlich 90 Sekunden ohne Musik dasteht und dann mit dem Mischpult wirft. Danach:

10 Tipps gegen Liebeskummer. 7 Anzeichen woran du merkst, dass er nicht auf dich steht. 10 Anzeichen, woran du merkst, dass er in dich verliebt ist.

ICH SEI SO sympathisch, hat er zu mir gesagt, jeder müsse mich mögen, er könnte sich nicht vorstellen, dass irgendjemand auf der Welt mich nicht mögen könnte.

Ich sei so genial, hat er zu mir gesagt, denn ich sei so schlau, schlauer als die meisten Menschen, denen er sonst so begegnen würde, und genau deswegen würden wir beide uns so gut verstehen.

Ich hätte so eine Superfigur, hat er zu mir gesagt, ich könnte Model sein.

Aber warum? Er hätte mir doch gar keine Komplimente machen müssen, um mich ins Bett zu kriegen. Es war doch schon klar, dass dies als nächstes passieren würde.

Wir waren doch schon bei mir und ich nur noch in Unterwäsche auf seinem Schoß.

Jetzt ist alles klar, dachte ich. Er hat mir ja quasi schon eine Liebeserklärung gemacht. Ab jetzt sind wir zusammen. Ich will ihn heiraten.

Aber am nächsten Morgen stand er sofort auf, direkt nachdem er die Augen geöffnet hatte, zog sich an, lächelte förmlich, erwiderte meine Zärtlichkeiten nicht, verabschiedete sich höflich, ging fort, verschwand spurlos aus meinem Leben.

Ich weiß nicht, wo und wann und ob ich ihn wiedersehen werde.

Das ist schlimm, denn jetzt ist es so, als hätte mein Leben ohne ihn keinen Sinn mehr. Als wäre ich überhaupt nicht mehr schön, schlau oder sympathisch.

Wenn er gelogen hat, wenn er nicht gemeint hat, was er zu mir gesagt hat, dann bin ich nicht schön, schlau und sympathisch, sondern hässlich, dumm und widerlich.

Wenn er es nicht so gemeint hat, dann ist er ein Widerling.

Was sagt es über mich aus, dass ich einem Widerling geglaubt habe, dass ich mit einem Widerling ins Bett gegangen bin, dass ich mich nach einem Widerling sehne?

Wie peinlich und dumm das alles ist.

Ich gehe also nochmal raus und hole mir Rat bei dem Mann, der fast jede Nacht allein dort sitzt, an dem Tisch in der Ecke am Fenster, Rotwein trinkt und Leitungswasser dazu, der Mann der immer dort sitzt und trinkt und liest und in sein Notizbuch schreibt und so einen schönen weißen Haarschopf hat und der immer Anzüge trägt und den ich aus der Ferne mag, weil er aussieht wie ein französischer Existenzialist in einem Pariser Kaffeehaus der 1950er Jahre.

Ich klage ihm mein Leid.

„Arbeiten muss man", sagt der Existenzialist. „Und lesen. Den ganzen Goethe lesen. Im Geistigen leben."

Wenn ich wolle, könne ich mit 70 Prozent oder 90 Prozent der Männer im Raum schlafen. Wenn mir das so wichtig sei, die Fickerei, könne ich Prostituierte werden und damit Geld machen. Aber sonst solle ich nicht so viel daran denken. Lesen und arbeiten solle ich. Ganz einfach. Der Rest sei nur Unsinn und heiße Luft. Es genüge, sich das einfach nur eine Minute lang klar zu machen. Alles andere sei dumm.

„Ja, ich weiß, ich bin unreif", habe ich gesagt. „Ich bin abhängig von männlicher Bestätigung. Bin ohne Vater aufgewachsen."

„Wegen einem Typen durchdrehen, sowas macht man mit 14!!!", brüllte er mich jetzt an, so dass sich alle Leute zu uns umwandten. Mir machte das nichts aus. Wer ihn kannte, wusste, dass er manchmal im Gespräch herumbrüllte, und ich kannte ihn.

Er meinte, in der Zeit, in der ich mich mit solcherlei Blödsinn beschäftigen würde, solle ich lieber Romane schreiben. Ein Mensch müsse seine Emotionen im Griff haben, Herr seiner Emotionen sein. Man müsse den Mut haben, auch mal drei vier Jahre alleine zu sein.

„Ja, aber in drei, vier Jahren bin ich vielleicht schon zu alt und dann will mich keiner mehr und dann bekomme ich vielleicht keinen Sex mehr", meinte ich.

„Scheiß auf den Sex!!!", brüllte er. „Leeeesen muss man!!!! Sich bilden muss man!!!! Schreiben muss man!!!!"

Für ein paar Stunden habe ich ihm das geglaubt.

OH FRÜHLING, ENDLICH bist du da. Du Brad Pitt der Jahreszeiten. Aber ich bin ganz allein und ganz einsam und ich liege im Bett und ich bin so traurig und schlafe erstmal 24 Stunden schönstes Frühlingswetter weg. Wache erst wieder auf, als es dunkel wird. Draußen schneit es. Aber Nacht ist für mich auch Tag. Tag ohne Sonne eben. Um einen klaren Kopf zu bekommen, mache ich Yoga. Aber nicht das Sonnengebet.

Sondern das Aldebarangebet, das braucht man nämlich nur einmal zu machen.

Das geht so:

Komm an den Anfang deiner Yogamatte.

Atme tief ein, fülle die Leere in dir mit der Leere von draußen, puste dich richtig auf, verhalte dich wie eine leere Shampooflasche, die man unter Wasser hält, und mit der Ausatmung leite das Armageddon ein.

Alle sterben. Alle sind jetzt tot. Außer dir.

Atme wieder tief ein und hebe die Arme seitwärts bis über deinen Kopf.

Atme vollständig aus, bring die Hände vor die Brust und vergiss alles, was je gewesen ist.

Lass los. Mit der Einatmung komm in die ganze Vorbeuge. Deine Beine sind gestreckt, deine Hände berühren den Boden.

Stell dir nicht vor, dass jemand, den du liebst, dich von hinten fickt, das wird nämlich niemals wieder passieren.

Spüre, wie deine Tränen deine Wangen hinunterlaufen.

Mit der Ausatmung tritt oder spring in die schiefe Ebene.

Ellenbogen eng am Körper. Halte fünf Atemzüge lang.

Spüre, wie sehr du alles hasst, was jetzt tot und vergessen ist.

Wunderbar. Leg ab.

Kleine Kobra, große Kobra, Blindschleiche, Regenwurm, Ringelnatter.

Überwinde deinen Kotzreiz, sieh nach vorn, auf die Asche und die Ruinen ringsherum.

Spüre den kalten Wind und sieh in die ewige Dunkelheit.

Atme ein.

Mit der Ausatmung bringe den linken Fuß nach vorn, zwischen die Hände.

Heb dein rechtes Bein.

Berühre deinen Scheitel mit deinem Fuß.

Tritt kräftig zu.

Durchdringe mit deinen Zehen deine Schädeldecke.

Drücke deinen Kopf in das, was mal dein Laminatboden war.

Spüre, wie weich dein Gehirn ist.

Lösch dich. Bleib so fünf Atemzüge lang.

Stelle den Fuß wieder zurück. Komm in die ganze Vorbeuge.

Stell dir nicht vor, dass jemand, den du liebst, dich von hinten fickt, das wird nämlich niemals wieder passieren.

Richte dich langsam wieder auf, hebe die Arme seitlich über den Kopf.

Atme aus, Hände vors Herz. Berghaltung (Tadasana).

Bleib im Fluss. Kämm dir die Haare und schau nie wieder auf dein Handy, ob er dir vielleicht doch wieder geschrieben hat.

Namasté.

SOMMER

ES WAR GIGANTISCH wie immer.

Am Morgen, nachdem er gegangen ist, erst „Nympho-
manie", dann „Narzisstische Persönlichkeitsstörung",
dann „Manische Depression", dann „Borderline Syn-
drom" googeln.

Dann versuchen, herauszufinden, wie man das Gefühl
nennt, dass sich alles so unecht anfühlt. Dass mir alles
unreal vorkommt oder wie im Film.

Aha: „Depersonalisation" ist eine offizielle psychische
Krankheit. Könnte man Pillen gegen nehmen.

Und wie nennt man das, wenn man von ganz deutlichen
Erinnerungen heimgesucht wird, gleichzeitig aber total
müde ist, keine Lust hat zu schlafen und stattdessen einfach auf den Rechner schaut und „So geht Sex in der zweiten Lebenshälfte" auf Focus.de liest?

Wie nennt man das, wenn man sich nicht mehr bewegen
kann, keinen Appetit hat und gleichzeitig aber total glücklich ist und trotzdem Selbstmordgedanken hat?

Und wie nennt man das, wenn man dann beim Vice-
Magazine landet in der „Not Safe For Work"-Kategorie
und sich Fotostrecken von Sexparties in Berlin ansieht,

aber das reicht nicht und dann lieber doch noch einen Porno schaut und auf Zeit Online versackt?

Danach habe ich diese Peter Handke-Doku gesehen: *Bin im Wald. Kann sein, dass ich mich verspäte.*

Gelernt: Als Schriftsteller ist man natürlich auch dazu verpflichtet, ein romanhaftes Leben zu führen. So bin ich auch verpflichtet, als ganz normale Stadtbewohnerin, die in der Mitte ihres Lebens steht und keinen Plan hat, worauf ebendieses hinauslaufen soll, die eine chaotische Wohnung und ein ebensolches Liebesleben hat, diese Romanhaftigkeit in mein Leben hineinzulassen, ja sogar, sie auszuagieren, mit allen mir möglichen Mitteln, um meinem Selbstbild als Dichterin gerecht zu werden, um mich zu erschaffen, als etwas, das größer ist als die Summe der einzelnen Teile meiner Existenz.

Ich wende also dafür viel Kraft auf, (vielleicht zu viel), um mir die Realität vom Leibe zu halten, weil ich die immer weniger ertrage. Vielleicht werde ich deswegen auf Schritt und Tritt von tiefer Mattigkeit verfolgt.

Jedoch, auch in meine Müdigkeit versuche ich, Größe zu legen.

Ich könnte auch würdevoll bäuchlings im Bett liegen, die Gliedmaßen seesternförmig ausgestreckt, mit einem Kissen über dem Kopf, tagsüber, am späten Nachmittag, bei geschlossenen Vorhängen vor mich hindämmern, so wie Handke um die gleiche Tages- und Jahreszeit barfuß in der Sonne vor seinem Haus sitzt und Pilze putzt oder Bleistifte anspitzt.

Aber vielleicht gelingt es Handke nur, diesen Beschäftigungen Würde zu geben, weil er dabei gefilmt wird? Aber wer filmt mich beim Schlafen?

Wenn ich meinem Leben Sinn und Form geben will, muss ich es auch schaffen, beobachtet zu werden.

Vielleicht hänge ich deswegen so an ihm. Weil er mich so scharf beobachtet, wenn wir uns sehen.

Wenn ich nackt vor ihm stehe, registriert er wohlwollend jedes Gramm, das ich in seiner Abwesenheit zu- oder abgenommen habe.

Er hat die Länge meiner Beine ausgemessen und ist der Meinung, meine Brüste und mein Hintern würden durch sein Streicheln größer werden.

Kein Zweifel und kein Stirnrunzeln von mir entgehen ihm und sofort wirkt er entgegen. „Na was? So beruhigen Sie sich doch", sagt er und lächelt lieb und gibt mir ein Küsschen auf die Wange.

Aber wir sehen uns nicht.

Oh, wie sehr vermisse ich das einzigartige Scheinwerferlicht seiner Aufmerksamkeit.

Alles ist so fade und sinnlos ohne ihn.

Ohne ihn ist alles nur Vergangenheit und Gegenwart, aber es gibt keine Zukunft mehr.

Es gibt nur noch das Jetzt, wenn überhaupt.

Nicht mal mehr Sommerurlaub. Ich werde aus dieser Stadt nie mehr rauskommen, weil ich hierbleiben muss, weil ich verhext bin, weil ich auf Antworten auf Nachrichten warte, weil ich gevögelt werden will.

Ich sterbe, wenn das nicht bald passiert.

Ich kann mich einfach nicht bewegen. Kann nicht bei Freunden in irgendeinem Landhaus am Lagerfeuer sitzen, obwohl das bestimmt die Rettung wäre.

Aber ich bin zu unruhig. Ich leide und mein Rücken tut weh und ich will nicht rausgehen und zu Hause bleiben auch nicht.

Ich starre auf Bildschirme, Rechner oder Handy und warte auf Signale und mein Rücken tut weh und ich habe kein Geld und keinen, der mit mir wegfährt, niemanden, der mich rettet, der mir was Schönes kauft und mit mir zu einem Flughafen fährt und mich evakuiert und kuriert.

DAS HÄUSCHEN WAR entzückend, vier Etagen mit Dachterrasse. Das war gut, denn dann brauchte man nicht rauszugehen. Die Insel war kahl, irgendwer hatte sie abgeholzt, bestimmt hatten das mal wieder die Römer gemacht. Die Insel war voller Steine und Stachelpflanzen, drumherum schwappte das Mittelmeer. Die Menschen hier waren wie überall am Mittelmeer zu laut und zu langsam. Normalerweise sind die Einwohner dieses Landes gut gekleidet, aber hier hatte man sich den zahlreichen Touristen angepasst und alle trugen bedruckte T-Shirts, Shorts und Flipflops. Ich trug wie immer meinen Kimono aus grüner Seide und nix drunter, das aber ganz vergebens, denn ich konnte hier kein Männchen entdecken, mit dem ich mich paaren gewollt hätte. Nur einen Tag vor dem Rückflug sah ich eines, aber da saß ich im Auto, und so kreuzten wir uns nicht, nur unsere Blicke taten es. Ich musste hier also unglücklich bleiben. Ich war unglücklich, denn ich hatte kurz vor der Reise mit meinem Lover Schluss gemacht, weil er mich nicht liebte.

Unser letztes Gespräch fand am Morgen nach einer Nacht bei mir in meinem Hausflur statt, da stand er schon einen Treppenabsatz tiefer. Es ging so:

Ich (im Türrahmen stehend, mir ein Herz fassend, ihm nachrufend): „Wann sehen wir uns wieder?"

Er: „Bald."

Ich: „Kann ich heute Abend zu dir kommen?"

Er: „Nein."

Ich: „Warum nicht?"

Er: „Ich muss arbeiten."

Ich: „Arbeiten? Am Sonntag? Was denn?"

Er: „Ich muss schreiben."

Ich: „Sehen wir uns dann nächste Woche? Mittwoch zum Beispiel?"

Er: „Vielleicht."

Ich: „Wann weißt du denn, ob du kannst?"

Er: „Mal sehen. Ruf mal Dienstagabend an."

Ich habe ihn dann Dienstagabend angerufen und er ist nicht rangegangen und dann habe ich es noch ziemlich oft probiert, eigentlich den ganzen Abend lang, aus Wut, und irgendwann sprang dann gleich die Mailbox an und dann habe ich ihm gesmst, dass ich ein Kind von ihm will und dass er sofort herkommen soll und mich ficken soll, und er hat nicht geantwortet und dann habe ich ihm geschrieben, dass er mich nicht liebt und dass ich ihn deswegen nie wieder sehen will, und er hat nicht geantwortet und dann habe ich ihm nichts mehr geschrieben und nach dem Auftritt bin ich auf meinen Tränen zum Flughafen geschwommen und auf diese Insel gelangt, weil man mich dorthin mitgenommen hatte.

Ein Ehepaar. Nach meiner Ankunft musste er im Wohnzimmer schlafen, weil er vorher in meinem Zimmer geschlafen hatte, denn er durfte nicht bei seiner Frau schlafen, weil sie sein Schnarchen nicht erträgt. Für mich wäre das Schnarchen meines Lovers die schönste Musik der Welt, aber mein Lover schnarcht nicht, überhaupt nicht, ich weiß das, denn wenn er schläft, liege ich wach und betrachte ihn und ich kann nicht schlafen, wenn er neben mir liegt, weil ich Angst habe zu schnarchen und er das hören könnte und mich dann nicht mehr lieben würde, dabei wäre das egal, denn er liebt mich ja sowieso nicht.

Also, ich bekam das Gästezimmer unterm Dach und schlief allein und so hätte ich ruhig schnarchen können. Aber ich schlief nicht, denn da war eine Mücke im Zimmer, und immer wenn ich die erschlagen hatte, lebte sie wieder auf und war wieder da und summte herum, und ich erschlug sie wieder, aber sie kam immer wieder und summte mir um die Ohren.

Die Mücke war wie meine Liebe zu ihm, er und ich versuchen, sie zu erschlagen, aber sie kommt immer wieder, und so schlief ich nicht und ich schnarchte nicht, ich lag nur in der Dunkelheit und lauschte der untoten Mücke und dachte an ihn.

Tagsüber gingen wir in Buchten baden und ich setzte mir meine Tauchermaske auf und sah mir die vielen kleinen grauen Fische an. Die grauen Fische waren wie er, denn sie sahen mich gleichgültig an und schwammen weg. Ich habe mit meinen Tränen das Meerwasser versalzen und ich hoffe, sie sterben deswegen.

Ich wollte ertrinken, doch ich atmete weiter, ich wollte in der Sonne verbrennen, aber ich benutzte doch die

Sonnencreme mit dem LSF 50, denn ich war am Morgen in der Kirche gewesen und habe zur heiligen Jungfrau Maria gebetet, dass er eines Morgens plötzlich erwacht und sich seiner unsterblichen Liebe zu mir bewusst wird und ich wollte noch ein bisschen länger warten, bis das passiert. Außerdem hatte ich ihm wieder eine SMS geschrieben, ob wir uns sehen wollen, wenn ich wieder da bin. Er hatte nicht geantwortet und dann habe ich ihm geschrieben: Ich dachte, du magst mich.

Am Nachmittag hatte die heilige Jungfrau Maria mein Gebet erhört, denn er antwortete, dass er mich natürlich mag und dass er eventuell Samstagnacht Zeit hätte, ich sollte mich dann nochmal melden, und deswegen gings mir wieder ganz gut und abends ging ich durch die Stadt, ging durch die engen Gassen und an den Fluss. Dort waren alle Palmen abgehackt, man konnte nur noch die Stümpfe sehen und unter den Stümpfen standen Bänke aus Eisen, die waren heiß, wegen der Sonne. Ich ging in die Geschäfte in der Innenstadt und da gab es Ohrringe, die sahen aus wie Geschwüre, und ich kaufte mir keine. Das Ehepaar und ich aßen in einem Restaurant zu Abend, es gab Pizza mit einem dünnen Schorf aus Tomatensauce und Käsekruste und es gab Olivenöl mit Rosé und dann flog ich wieder nach Hause und traf mich mit ihm und er schlief mit mir und ich sagte „Tu mir weh", als er mich stieß, aber das hätte ich ihm nicht sagen müssen, denn das ist Einzige, was man ihm nicht extra zu sagen braucht.

ER WAR ALSO mal wieder hier und ich habe mich so gefreut und wir haben uns unterhalten und er hat seine Füße auf meinen Schoß gelegt, damit ich sie massiere, und genau das habe ich getan und wir haben Musik gehört und Wein getrunken und geraucht und er hat darüber gesprochen, dass Kevin Spacey neuerdings auch geächtet wird und wie krank die Gesellschaft sei, dass jetzt irgendwelche Privatsachen von vor 30 Jahren in den Zeitungen ausgebreitet werden und dass Spacey dem Typen, der sich jetzt über ihn beschwert, doch eine teure Uhr geschenkt hätte, danach, und dass eine teure Uhr doch eine gute Kompensation sei, wenn man unaufgefordert einen Schwanz gezeigt bekommen hat, und ich habe gesagt, für teure Uhren würde ich mir viele Schwänze ansehen.

Dann könne ich mir ja gleich mal seinen ansehen, hat er gesagt und den Gürtel seiner Jeans geöffnet.

Es war gigantisch wie immer.

Vielleicht empfinde nur ich das so und für ihn ist das Standard und es ist ihm egal, mit wem er die Nacht verbringt, weil er es gewohnt ist, Leute um den Finger zu wickeln, und es geht ihm nur um das Um-den-Finger-wickeln, aber nicht um die Leute.

Vielleicht fühle ich mich tragischerweise von seinem Standardprogramm übertrieben angesprochen.

Weil ich naiv und bedürftig bin, nehme ich etwas Unpersönliches persönlich.

Als würde ich für einen Euro Cheeseburger bei McDonalds gegessen haben und dies seither als beste Mahlzeit seines Lebens bezeichnen und glauben, das gäbe es nur einmal und sie hätten das Rezept extra für mich entwickelt.

Trotzdem: Cheeseburger für einen Euro könnte ich zu jeder Tages- und Nachtzeit bekommen, aber je heißer ich auf meine Droge bin, desto weniger bekomme ich davon.

So als ob bei McDonalds nur die essen dürfen, die wissen, dass es dort nichts weiter gibt als pappigen Fraß für kleines Geld.

Aber alle, die wirklich und wahrhaftig und aus voller Seele heiß auf die Billigburger sind, bekommen Hausverbot.

Neulich, also gestern, habe ich bei einer Familienfeier beiläufig erzählt, dass ich meine Kopfhörer kaputtgemacht habe, weil ich sie betrunken in meinen Morgenkaffee geworfen hätte.

Alle am Tisch haben mich daraufhin so seltsam angesehen und geschwiegen. In dem Moment wurde mir klar, dass ich vielleicht in letzter Zeit etwas den Halt verloren haben könnte.

Flow. Neuerdings ist alles Flow. Das neue Modewort. Es gibt die Zeitschrift Flow. Es gibt Flow Yoga. Alles soll im Fluss bleiben. Alles soll fließen. Ich will aber nicht fließen, ich will sterben. Vielleicht lasse ich mir Psychopharmaka verschreiben, eine Zeit lang. Bis das Theater vorbei ist, bis ich nicht mehr traurig bin. Bis ich ihn nicht mehr vermisse.

Wenn ich von meiner Wohnung bis zu seiner Wohnung auf Knien rutschen würde, die ganze Strecke, also Treppe runter, dann die Straße lang, zwei Blocks, dann um die Ecke, bis zu seinem Haus, durch die Hofeinfahrt durch und die Treppe rauf, bis in den 4. Stock.

Wenn ich dafür ihn als Belohnung kriegen würde, würde ichs tun?

Ja, klar, würde ich, habe ich gedacht, denn wenn sowas klappen würde, dann würden viele Leute das machen und dann wäre es was ganz Normales und dann könnte ich es auch machen und es gäbe keinen Grund, sich dafür zu schämen, wenn mir als Preis für diese Aktion ewiges

Liebesglück garantiert werden würde. Sonst natürlich nicht. Sonst würde ich es nicht tun. Es sei denn, vielleicht.

Nichts ist zweifelhafter als die Realität. Nichts ist unglaubwürdiger, unsicherer, schwerer zu greifen als die Realität. Träume sind klar und eindeutig. Schön oder schlimm oder krass oder oder. Sie sind definiert, haben einen Anfang und ein Ende. Aber die Realität passiert von früh bis spät, hört nicht auf und fängt nicht an. Die Realität, das sind einfach irgendwelche Sachen, die passieren, und keiner weiß, was sie bedeuten, oder ob sie wirklich passiert sind.

Wenigstens weiß ich, dass ich obsessiv bin. Aber irgendwann werde ich mich wohl doch wieder zusammenreißen können und vernünftig werden. Irgendwann wird mein Leben wieder eine brauchbare Form annehmen. Irgendwann wird sich alles sortieren. Irgendwann werde ich jemanden an meiner Seite haben, der mich glücklich macht.

Vielleicht ziehe ich sogar mal irgendwann aufs Land und habe einen Garten und baue Kräuter an und so und Blumen. Irgendwann bin auch mal wieder tagsüber wach.

Wie soll das alles nur enden?

Hab ich alles im Griff oder verliere ich die Kontrolle?

Äußerlich sieht es so aus, als hätte ich alles im Griff.

Ich erscheine pünktlich und gehe rechtzeitig.

Bin weniger draußen. Mehr drinnen.

Was ich drinnen mache, wenn ich allein bin, geht niemanden etwas an.

Nix Genaues weiß man nicht.

Ich frage mich trotzdem, wie lange diese Krise dauert und ob es überhaupt eine ist oder einfach das Leben.

Ja, es wird immer wahrscheinlicher, dass es das jetzt war. Also, es würde gar nicht passen, dass er sich nach all der Zeit wieder bei mir meldet, und ich werde es auch nicht mehr tun.

Ich gratuliere mir, es ist vorbei, und ich kam bisher Null in Versuchung, ihm zu schreiben.

Nur einmal habe ich heute daran gedacht, aber nur ganz entfernt und theoretisch. Nein, es gibt kein Interesse mehr von mir an der Sache. Ich habe es geschafft. Es ist vorbei. Das Ding ist durchgestanden.

„EINES TAGES WERDE ich belohnt werden für alles, was ich ihm gegeben habe", dachte sie. Er war gerade dabei, eine seiner Stories zu erzählen. Diesmal kannte sie die Geschichte noch nicht.

„Habe ich die dir echt noch nicht erzählt?", hatte er sich ungläubig unterbrochen und dann weitergesprochen, nachdem sie „Nee, echt nicht" gesagt hatte.

Er verwechselte sie wohl gerade mit einer anderen Frau. Ja, das war gut möglich. Sie schob den Gedanken schnell weg, aber nicht schnell genug. Großer Fehler. Schon wieder ein Fehler. Sie wollte sich das hier nicht versauen. Diesen Moment, diese Nacht. Sie musste jede Sekunde genießen. Sie bekam ihn ja nicht so oft zu Gesicht, wie sie es gerne hätte. Aber jetzt war er da, der Argwohn, jetzt war sie da, die Angst. Sie ließ sich nichts anmerken, sie hatte sich im Griff. Sie bewegte sich einfach nicht und versuchte, ihm zuzuhören.

Er hatte er ihr die Geschichte doch schon mal erzählt, fiel ihr jetzt ein.

Schon mehr als einmal außerdem. Es ging darum, wie leicht es für ihn gewesen war, in Kiew an Kokain ranzukommen und zwar witzigerweise viel leichter als an Gras.

Nach monatelanger Grübelei war sie eines Morgens vor ein paar Tagen endlich drauf gekommen, warum er sie nur vögeln wollte, aber nicht: sie in den Arm nehmen, mit ihr verreisen, ihr ein schönes Kleid kaufen, ihr ein gutes

Buch schenken, ihr Kaffee ans Bett bringen, mit ihr ins Kino gehen, mit ihr zusammenziehen, sie heiraten oder nett zu ihr sein.

Warum liebte er sie nicht, obwohl sie ihn liebte? Wie konnte das sein? Ganz einfach:

Er war ein Psychopath.

Sie hatte am Anfang andere Diagnosen für ihn gehabt. Weil er sich nie von allein bei ihr meldete. Weil er nach dem Sex immer so kühl war. Weil er nach dem Aufwachen sofort ging und das umgekehrt auch von ihr erwartete, je nachdem, wo sie sich trafen.

Erst hatte sie gedacht, er sei eben anders als andere Männer, dann hatte sie ihn für ein Arschloch gehalten, dann für einen Narzissten, dann wieder für eine typische Waage, dann für überarbeitet, dann für ein Muttersöhnchen.

Oder lag es an ihr?

Es stimmte doch: Sie hatte sich am Anfang manchmal ihm gegenüber gehen lassen. War ihm zu sehr hinterhergerannt. Hatte ihm emotional instabile SMS geschickt. Ihm Vorwürfe gemacht. Hatte ganz allgemein genervt.

Aber Männer mochten sowas nicht, hatte sie im Internet gelesen.

(Willst du was gelten, komme selten.)

Sie hatte eine Zeit lang obsessives Verhalten an den Tag gelegt, als er ihr mal nicht mehr geantwortet hatte. Sie hatte damals sogar versucht, ihn nachts anzurufen.

Um sich und ihn vor weiteren Fails dieser Art zu bewahren, hatte sie seine Nummer gelöscht, hatte sich wie Odysseus zum Schutz vor der Versuchung durch den Sirenengesang an den Schiffsmast binden lassen.

Hatte versucht, ihn zu vergessen, nicht mehr an ihn zu denken, bis sie es geschafft hatte, ihm rein zufällig irgendwo zu begegnen, weil sie es nicht geschafft hatte, ihn zu vergessen oder nicht mehr an ihn zu denken.

Das durfte er nie erfahren, dass sie so an ihm hing.

Ihn hatte nämlich mal eine gestalkt, hatte er ihr erzählt. Nein, sowas würde sie nie tun. Sie hatte ihn doch sogar bei Facebook entfreundet, als er das nächste Mal abgetaucht war, ja, sie war die Antistalkerin.

Oder wusste er es, war es das, was er wollte, dass sie ihm hinterherlief wie eine läufige Hündin?

Aber eines Tages würde ihre Hartnäckigkeit belohnt werden, das wusste sie, das konnte nicht anders sein. Eines Tages würde auch er sie lieben.

Er ist eben so unsicher, dachte sie. Er braucht Zeit. Ich muss Geduld haben. Ich muss Rücksicht nehmen. Ich muss ihm zeigen, dass er mir hundertprozentig vertrauen kann.

Psychopathen werden absolut kalt, wenn nicht alles genau nach ihrer Vorstellung läuft.

Was zählt, ist der Moment, machte sie sich klar. Sie sollte glücklich sein. Endlich. Wann, wenn nicht jetzt? Ja, sie war endlich wieder hier. Sie musste das jetzt genießen.

Sie durfte nicht daran denken, dass sie danach erstmal wieder nichts mehr von ihm hören würde.

Angst und Depressionen bitte erst morgen, bitte nicht schon jetzt.

Sie musste genießen, was er ihr gab.

Eines Tages würde sie belohnt werden. Eines Tages würde er keine Angst mehr vor ihr haben. Aber sie hatte jetzt Angst. Sie hatte Angst. Angst vor der Angst. Es war ganz schlimm. Alles war ganz ganz ganz schlimm.

„Alles klar?", fragte er scheinbar leichthin und warf ihr einen strengen Blick zu.

„Klar. Alles klar", antwortete sie und lächelte.

„Na, dann ist ja gut", sagte er.

Jetzt sah er ihr in die Augen. Wenn ein Mann verliebt ist, dann sieht er der Frau lange in die Augen beim Reden, hatte im Internet gestanden. Allerdings wirkte er vollkommen entspannt dabei. Er war immer so extrem entspannt. Genau das gefiel ihr so gut an ihm.

Diese extreme Selbstsicherheit hatte er 99,9 Prozent aller anderen Männer voraus. Ja, er war eben einfach ein geiler Typ.

Oh, sie würde alles für ihn tun, wenn er sie ließe. Sie würde ihn alles mit sich machen lassen. Sie würde ihr Konto für ihn leer räumen, sie würde für ihn auf den Strich gehen, sie würde seine Blumen gießen, wenn er auf Reisen wäre, aber er hatte keine Zimmerpflanzen.

Er redete weiter.

Es ging jetzt darum, wie er in Schweden aus Versehen Crystal Meth genommen hatte und dann drei Tage wach war.

Sie würde es sehr bald beenden müssen. Es ging nicht mehr.

Betteln, Treffen, Sex und dann tagelange Depressionen. Das funktionierte nicht mehr.

Das musste aufhören. Sie konnte nicht mehr. Sie liebte ihn, aber er liebte sie nicht.

Sie nahm den Spiegel und legte ihn sich auf die Knie. Sie griff nach dem Phiölchen auf dem Nachttisch. Ihr Kokain. Er hatte ja kein Geld.

Er bekam ihren Körper und Zigaretten und Wein und Kokain.

Sie lieferte sich immer im Paket.

Er hatte Schulden.

Psychopathen haben oft Geldprobleme, hatte sie im Internet gelesen.

Psychopathen seien unfähig, vorausschauend zu handeln, aber beruflich oft sehr erfolgreich.

Eines Tages würde sie alles zurückbekommen. Er hatte es selber gesagt.

Wenn das mit dem Job in Nigeria klappte, dann könnte er 10.000 in bar im Koffer mitnehmen, und dieses Geld, das könnte er dann unter anderem für solche Späßchen ausgeben, versprach er ihr, als sie das Pulver hackte.

Psychopathen machen gern Versprechen. Psychopathen lügen immer. Sie können nicht anders.

Sie sah am Spiegel vorbei auf den Boden, kniff die Augen zusammen und versuchte unauffällig, das staubige Laminat zwischen Nachttisch und Bettkante zu scannen.

War gar nicht so leicht, mit ihren kurzsichtigen Augen. Sie suchte Haare. Weibliche lange Haare. Vorzugsweise blond. Bei blonden Haaren hätte sie den Beweis.

Sie selbst war ja dunkelhaarig. Dunkle Haare vor dem Bett konnten ihre sein, konnten aber natürlich auch von einer anderen dunkelhaarigen Frau stammen.

Dunkle Haare wären kein Beweis. Blonde lange Haare müsste sie finden oder Ohrringe. Kettchen, Halsbänder, benutzte Kondome oder Ähnliches. Aber da lag nichts. Nur Staub und eine zerknüllte Packung Luckies.

Sie war enttäuscht und erleichtert zugleich.

Dass da nichts lag, war auch kein Beweis. Er konnte ja vorher alles beiseitegeräumt haben.

Sie hackte weiter und teilte das Pulverhäufchen in zwei Linien auf. Sie hielt ihm den Spiegel hin. Er nahm einen abgeschnittenen Strohhalm vom Nachttisch und zog seine Bahn weg, dann war sie dran.

Jetzt erzählte er eine andere Geschichte. Die kannte sie auch schon.

Es ging darum, wie er in einem Township vor Kapstadt einen Riesensack Gras gekauft hatte.

Jetzt wirkte das Kokain endlich auch bei ihr und sie machte sich locker.

Ja, eines Tages wurde sie für alles belohnt werden. Alles, alles, alles, was sie gegeben hatte, würde sie zurückbekommen.

Die Zärtlichkeit, die Sehnsucht, die Geduld, den Wein, das Bier, die Zigaretten und das Kokain.

Das würde alles zu Liebe werden, wenn sie geduldig blieb und sich weiter so viel Mühe mit ihm gab. Es wäre ja auch gut für ihn. Sich fallen lassen zu können und ihr übers Gesicht zu streicheln und sich um sie zu kümmern. Kein Psychopath mehr zu sein.

Psychopathie ist nicht therapierbar. Therapie setzt Einsicht voraus. Aber Psychopathen gehts immer prima.

Nur den anderen um sie herum ging es schlecht.

Dann war es so weit. Er zog sie erst an sich und dann aus. Er war sehr geschickt.

„Wie geil feucht du bist", flüsterte er ihr ins Ohr, „und wie eng. Meine Finger bleiben fast in dir stecken. Gleich werde ich dich ficken. Ich werde dich benutzen."

Typisch Psychopath. Er vögelte sie. Von vorne, von hinten, von oben, von unten, von der Seite und von der anderen Seite.

Er fickte sie und leckte sie und rieb ihr Geschlecht und fing wieder von vorne an.

Er hörte einfach nicht damit auf.

Oh, nein, nie würde sie auf das alles je verzichten können und warum denn auch?

Als er in sie eindrang, nannte er sie „Meine dreckige kleine Nutte".

Er deklarierte sie als sein Eigentum. Ab jetzt konnte sie nichts mehr von ihm trennen.

Das ist für immer, dachte sie.

Sie wollte einfach nur für immer hier bleiben, ihretwegen auch gern nackt, mit einem Lederhalsband an den Heizkörper gebunden, tagsüber, wenn er arbeiten war.

Sie wollte neben der Heizung auf dem Boden knien und auf seine Rückkehr warten, mehr wollte sie doch gar nicht.

War das denn zu viel verlangt?

Eines Tages würde sie für alles belohnt werden. Eines Tages würde er sie lieben.

Zum Schluss hatte er ihr ins Gesicht gewichst, das machten sie seit Neustem immer so.

Und nun schlief er, mit dem Rücken zu ihr gedreht, und hatte beinahe die ganze Bettdecke um sich gewickelt, als ob er ihre Anwesenheit und darüber hinaus ihre Existenz vollständig vergessen hätte.

Hatte er ja auch. Psychopath.

Sie zog ihm die Decke weg und schmiegte sich an seinen Rücken. Sie streichelte seinen Nacken und legte ihre Arme um ihn. Seine Haut war weich, sein Atem sanft, sein Körper roch gut und rein.

Er war wie ein böser Teddybär, er war wie Chucky, die Mörderpuppe.

Außen so süß und innen so bitter.

Er ist ein Psychopath und er hasst mich, dachte sie. Ich liebe ihn und er hasst mich. Sie schlief ein und träumte von ihm. Im Traum stand sie mit ihm am Meer nackt auf einem Felsen überm Wasser. Ein lauer Wind wehte, die Sonne schien, das Felsgestein unter ihren Füßen war warm von der Sonne.

Er strich ihr das Haar aus dem Gesicht und sagte:

„Ich liebe dich."

ES WAR GIGANTISCH wie immer.

Ich habe seine Nachricht erst später gesehen. Ich war shoppen und hatte plötzlich Tränen in den Augen, als ich an der Abteilung mit den sexy BHs vorbeigekommen bin, weil ich dachte, hat keinen Sinn, sich einen zu kaufen, wenn ich ihm den dann nicht zeigen kann.

Ich hatte ihn schon beinahe abgeschrieben, nach wochenlanger absoluter Funkstille, hatte mir fest vorgenommen, ihn zu vergessen, aber in diesem Moment ist mir wieder so schmerzhaft bewusst geworden, dass ich immer noch an ihn denke und ich ihn immer noch vermisse.

Also, ich habe deswegen fast geheult und habe mir dann aber ein weißes Herrenhemd aus reiner Seide gekauft, das im Sonderangebot war, und als ich bezahlt hatte und wieder ins Freie trat, ging es mir schon besser, denn Shopping hilft, und dann habe ich seine Nachricht gesehen, die wohl genau in dem Moment eingetroffen sein musste, als ich in der Unterwäscheabteilung die Fassung verloren hatte.

Wenn das kein Zeichen ist, dachte ich.

„Alles klar?", hatte er geschrieben, als wäre nichts gewesen, als wäre er nicht über Wochen im Nirwana verschwunden.

Wir haben uns noch für den gleichen Abend verabredet und ich bin zu ihm gegangen wie Rotkäppchen mit Wein und auch sonst allem, was nötig ist, im Körbchen.

Und da waren wir wieder, knüpften aneinander an, setzten fort, als wäre nichts gewesen.

Später, als er mit dem Kopf zwischen meinen Schenkeln steckte, sah ich genau hin, versuchte, ein geistiges Foto davon zu machen, um es mir später anschauen zu können, um diesem Moment Ewigkeit zu verleihen.

Ja, das hier passiert gerade wirklich, sagte ich mir, der Typ, nach dem du dich so dermaßen gesehnt hast, der ist zurück.

Da ist er, zwischen Beinen. Das hier ist die Wahrheit, das passiert wirklich, das ist kein Traum. Er liegt zwischen deinen Beinen auf dem Bauch und seine Nase liegt auf deinem Schamhügel und seine Zunge spielt mit dir.

Er ist wieder da und er gibt sich Mühe, er will dir was Gutes tun, er will alles wieder gut machen und er tut es.

Arm in Arm sind wir danach eingeschlafen. Aber diesmal hatte ich mich im Griff, habe mir nicht mehr erzählt, dass hier mehr zwischen uns passieren würde als Sex, oder als würden wir einander nun endlich näher kommen.

Mir war nun klar, das hier, genau das und nicht mehr, kann ich irgendwann, also jederzeit irgendwann sozusagen, wiederhaben.

Stimmt doch. Ich bekomme es doch auch mittlerweile schon so lange, mit längeren oder kürzeren Unterbrechungen zwischendurch, und der Beweis ist, dass es jetzt wieder passiert ist. Ich kann mich also entspannen, selbst wenn wir mal eine Weile Pause machen, so geht es doch früher oder später weiter, gibt es immer ein nächstes Mal, aber mehr eben nicht.

Ich könnte doch versuchen, dachte ich, das zu akzeptieren und es als Geschenk zu betrachten. Dass wir einander nur in Bestlaune und in Bestform begegnen und dann eine schöne Nacht miteinander verbringen und abgesehen davon, macht jeder was er will, und wir belasten einander nicht mit dem langweiligen Alltag …

Aber wie soll das gehen, wenn ich ihn immer so vermisse, wenn er nicht da ist.

Wie soll das gehen, wenn ich in ihn verknallt bin, sowas geht nur, wenn man nicht verknallt ist.

Nur wenn man nicht verknallt ist, kann man sowas locker sehen.

Allerdings gibt es dann keinen Grund, immer wieder miteinander zu schlafen, jedenfalls für mich nicht.

Aber, sagte ich mir, immerhin habe ich jemanden zum Vögeln. Also, dafür kann ich doch dankbar sein und darüber kann ich mich freuen, dachte ich, dass ich ab und zu mit jemandem schlafe, mit dem es einfach immer gut ist.

Diesmal habe ich mich zusammengerissen, habe mich das erste Mal seit Beginn unserer Bekanntschaft als erste aus seinen Armen gewunden, habe im Dunkeln meine Sachen zusammengesucht und er ist davon aufgewacht und hat mich zur Wohnungstür begleitet und blieb dort stehen und winkte mir nach, bis ich außer Sicht war.

ER HAT MICH angerufen.

Wir haben den ganzen Tag miteinander gechattet.

Er kommt mich heute Abend besuchen.

Er war das ganze Wochenende hier. Ich habe uns Essen gekocht und wir haben Trickfilme auf seinem Laptop gesehen und uns über darüber unterhalten, welche Form das Universum haben mag und ob es Außerirdische gibt.

Er hat mit seiner Mutter telefoniert und ich habe mich dabei an seine Schulter gekuschelt.

Er liest mir die aktuellen Schlagzeilen aus der Bildzeitung vor.

Er fragt, ob ich auch Hunger habe und was er uns zu essen kochen soll.

Wir liegen im Bett und essen Pizza und sehen uns zusammen *Eine total, total verrückte Welt* von Stanley Kramer an.

Wir sehen uns eine Doku an, die sich damit befasst, ob Hitler nach dem Zweiten Weltkrieg per U-Boot nach Südamerika floh.

Wir sehen eine Doku, die belegt, dass die ägyptischen Pyramiden von Außerirdischen geplant und errichtet wurden.

Wir sehen eine Doku über Kornkreise.

Wir sehen mehrere Dokus über UFO-Sichtungen im Mittelalter und darüber, was es mit dem Tunguska-Ereignis auf sich haben könnte.

Am Montagvormittag verabschiedet er sich und fragt, ob es mir recht sei, wenn er abends wiederkommt.

Abends klingelt er zur vereinbarten Zeit, auf die Minute pünktlich. Er hat eine Reisetasche dabei.

Er hat seine Adiletten mitgebracht und seine Waschtasche mitsamt Zahnbürste. Er zieht die Jeans aus und stattdessen eine Haushose aus dünnem Stoff über, die er sich mal in Fernost gekauft hat.

Er wäscht seine Sachen jetzt in meiner Waschmaschine und unten, quer vor meinem Bücherregal, parkt jetzt sein Longboard.

Die Bettseite mit der Lampe und dem Nachttisch gehört jetzt ihm. Seine Ladekabel für Laptop und Handy haben feste Plätze in meiner Verteilerdose.

Ich habe ihm auch erklärt, wie meine Siebträger-Kaffeemaschine funktioniert. Damit er sich selbst Kaffee machen kann, und wenn ich ihn darum bitte, macht er mir auch einen.

Seine Seite des Bettes ist jetzt Cockpit und Kommandozentrale. Hier sitzt er, tippt permanent Messages auf seinem Handy, telefoniert mit potenziellen Kunden und Kollegen.

Er versucht, Aufträge zu bekommen. Ist ständig mit Deutschland und der Welt verbunden.

Zur Debatte stehen potenzielle Jobs in Weißrussland, Dubai, Südafrika, Paraguay, Frankfurt, Wien und Templin.

Manchmal scheint sich etwas zu konkretisieren, aber dann ist doch wieder jemand im letzten Moment abgesprungen oder wurde das Budget gestrichen oder wartet man noch auf ein GO, was aber nie kommt.

Mein Bett ist jetzt also das Epizentrum der deutschen Wirtschaft geworden. Hier laufen die Fäden zusammen und die Drähte heiß und ich liege neben ihm, presse mich an seinen Körper und frage mich, woher all diese Typen, einschließlich ihm selbst, die Zeit haben, am helllichten Tage unter der Woche stundenlang zu telefonieren.

Zu mir hat er immer gesagt, er telefoniert nicht gerne. „Ja, weil ich sowieso die ganze Zeit am Telefon hänge."

Jetzt ist er permanent am Chatten. Mir hat er nie zurückgeschrieben. „Ja, weil ich deine Nachrichten erst so spät gesehen habe."

Ich liege da, in totaler Regression. Döse zum Klang seiner Stimme ein, erwache davon.

Ich bin betäubt vom Glück seiner permanenten Anwesenheit.

Mehr will ich nicht, mehr wollte ich nie, mehr werde ich niemals wollen. Er soll einfach nur immer da sein. Ich weiß, es wird so abrupt und unerklärlich enden, wie es angefangen hat.

Er wird eines Tages spurlos verschwinden und niemals wiederkommen, aber daran denke ich jetzt lieber nicht.

Warum auch? Ich bin glücklich.

Ich sehe, wie er telefonierend im Zimmer herumgeht, wie er am Fenster raucht, und wenn er aus dem Zimmer geht, sind da immer noch das Longboard und die Jeans über der Sessellehne als beruhigende Pfande seiner Anwesenheit.

Er ist unbestreitbar da. Also, er ist hier bei mir.

Immer muss ich ihn ansehen. Auf dem Hin- und Rückweg ins Bad oder beim Zwiebelschneiden in der Küche oder wenn er schläft oder er am Tisch sitzt und an einem seiner Exposés schreibt.

Ich sehe ihn an und Tränen des Glücks steigen mir in die Augen.

ER UND ICH lagen nackt nebeneinander im Bett, denn wir haben mal wieder übers Universum diskutiert. Dunkle Materie gäbe es nicht, die Messergebnisse widersprächen sich, informierte er mich. Ich hatte davon natürlich auch schon gehört. „Aber was ist es dann, was die Gestirne in der Luft, also im Vakuum, auf ihren Umlaufbahnen hält?", fragte er mich. „Warum fällt nicht einfach alles runter?"

Ich antwortete: „Aber worauf denn? Aber wohin denn? Das Universum ist doch nicht auf eine Legoplatte gebaut."

„Nein, das nicht, aber der Raum ist gekrümmt, also das Universum liegt auf was Unsichtbarem, also, es beult so eine Art Tuch aus", meinte er, aber ich weiß nicht, ob ich ihn an der Stelle richtig verstanden habe.

„Ist doch ganz einfach", meinte ich und klopfte auf ein Brett meines Bücherregals.

„Sieh dir doch nur mal dieses Regal an: Das sieht ja nur für uns Menschen und mit Abstand wie ein Bücherregal aus. Aber wenn du ganz ganz ganz klein wärst und ganz ganz ganz nah rangehen würdest, dann wäre das kein Regal, sondern eine Wolke aus Protonen und Elektronen und anderem Kram. Das kreist alles auf seinen Orbitalen und Umlaufbahnen herum und fällt auch nicht herunter, sonst würde da doch kein Bücherregal stehen. Und wenn du ein kleines Teilchen wärst, dann könntest du einfach durchfliegen und würdest nicht mal merken, dass du gerade durch ein Bücherregal schießt."

„Apropos Geschwindigkeit", sagte er, „wie kann es sein, dass sich das Universum schneller als das Licht ausbreitet, also, wie kann es denn sozusagen mitten in der Ausbreitung beschleunigen?"

„Vielleicht stimmt das ja nicht", sagte ich, „also, vielleicht nimmt die Lichtgeschwindigkeit an den Universumsrändern ab und wir Menschen wissen das nur nicht, weil wirs nicht messen können."

„Quatsch, die Lichtgeschwindigkeit ist eine Naturkonstante, „die ist überall gleich, die Lichtgeschwindigkeit, im gesamten Universum, jedenfalls im Vakuum."

„Haha, klar! Im Vakuum!", zickte ich zurück, „im Vakuum ist immer alles gleich, aber schon unter Wasser ist das Licht langsamer, und wer weiß, was für eine Substanz sich an den Universumsrändern befindet und dort das Licht ausbremst. Außerdem", fügte ich spitzfindig hinzu, „wenn Zeit und Raum relativ sind, warum denn dann nicht auch das Licht?"

Er verwies genervt auf das Michelson-Morley-Experiment und auf Einstein.

„Ja, weil wir das mit unseren menschlichen Messgeräten gemessen haben", sagte ich. (Ich konnte einfach nicht damit aufhören, ihn zu ärgern.)

Und ob die Messung nicht eher etwas über das Messgerät und den Messenden aussagen würde als über das Gemessene. Das Messgut könne sich doch während der Messung den Erwartungen entsprechend verhalten, um direkt danach, im unbeobachteten Zustand, zu machen, was es wollte, ohne in irgendeiner Form Rücksicht auf die Gefühle des Messenden zu nehmen.

Wie der Mensch denn glauben könne, er sei imstande, eine universale Objektivität herzustellen?

Die Sonne drehe sich aber leider nicht um die Erde, das sollten die Leute doch inzwischen kapiert haben.

Er winkte ab: Das Licht bewege sich überall gleich schnell, so sei es eben und es sei eben so.

Wie man das denn sagen könne, hakte ich nach, die menschlichen Messgeräte seien an menschliche Maße angepasst. Ein Tag ist für Menschen 24 Stunden lang, also eine Umdrehung der Erde um sich selbst. Ein Jahr dauert 365 Tage, also einmal um die Sonne rum, und daraus würden sich dann eben die Sekunden ableiten. Die es woanders aber so gar nicht gäbe. Also, auf einem anderen bewohnten Planeten zum Beispiel, der viel größer oder kleiner wäre, also viel längere oder viel kürzere Tage hätte und eine andere Umlaufbahn um die Sonne, da würde doch eine menschliche Uhr gar nicht funktionieren.

Für die Wesen dort könne ein Jahr drei Jahre dauern und sie würden dementsprechend ganz andere Sekunden haben und ganz andere Schlafrhythmen und Lebenserwartungen und Lichtgeschwindigkeiten.

„Eine Sekunde ist überall eine Sekunde", knurrte er, „nur halt anders umgerechnet."

„Na gut, aber trotzdem", sagte ich und ärgerte mich über ihn und die relative Zeit und den gekrümmten Raum und das konstante Licht.

Es wird Zeit, dass mal wieder was fundamental in Frage gestellt wird, sonst ist mir das Universum einfach zu langweilig, dachte ich und drehte mich von ihm weg.

HERBST

ICH BIN IRRITIERT wegen der nun beinahe dauerhaften Anwesenheit meines Kuscheltieres.

Ich bin so glücklich, dass er hier ist, aber warum ist er hier?

Es versteckt sich vor mir, so weit das möglich ist, wenn man den ganzen Tag in meinem Bett liegt.

Und in meiner Bude herumgeistert.

Aber der Geist bin wohl eher ich. Ich bin unsichtbar.

Er sieht mich nicht mehr an und er fasst mich nicht mehr an.

Ich darf ihn auch nicht anfassen. Wenn ich ihn streicheln oder kneten will, schüttelt er sich und dreht sich weg. Er sagt, ich würde ihm wehtun oder ihn kitzeln, aber unangenehm.

Ich bin ihm nicht böse, wie könnte ich ihm das übelnehmen, dass er mich nicht mehr anfassen will und ich ihn nicht anfassen darf? Entweder man will das oder nicht.

Sowas kann man nicht erzwingen.

Kann ja sein, dass er mich irgendwie ekelhaft findet, seitdem er bei mir wohnt.

Er schläft jetzt auch immer mit dem Rücken zu mir.

„Früher", also irgendwann mal, sind wir Arm in Arm eingeschlafen. Splitternackt lag ich in seinen Armen, hatte meine Nase in sein Brustfell gedrückt, halb erstickt, halb betäubt, aber in der Gewissheit, mich genau dort zu befinden, wo ich sein wollte, wo ich hingehörte.

Sein Körper sagte mir etwas, was er mir nicht sagte. Sein Körper war immer für mich da, auch wenn er es nicht war.

Aber jetzt ist sein Körper für mich tabu. Bei jeder Berührung zuckt er zusammen.

Er ist permanent verkabelt. Hände, Augen und Ohren sind besetzt.

Immer hat er die Kopfhörer auf, starrt auf Handy oder Laptop. Empfängt Anrufe, sieht Nachrichten und schreibt Messages an alle möglichen Leute auf allen Kanälen.

Wenn ich ihn unbedachterweise umarme, ziehe ich mir seinen Ärger zu, weil es sich dabei kaum vermeiden lässt, an Kabel, Kopfhörer oder Brille zu stoßen oder zu ziehen.

Auch zum Schlafen bleibt er verdrahtet.

Er schnarcht und ich kann nicht schlafen. Nachts summt der Lüfter seines Laptops, kalt und schwarz-weiß flackert es über den Monitor, bringt Unruhe in die nächtliche Dunkelheit.

Serienmörder- und Nazidokus wechseln einander dank des Youtube-Algorithmus ab.

Er schläft, und durch seine Kopfhörer dringen die monotonen Stimmen der Dokumentarfilmsprecher.

Weil ich seinen Körper nicht anfassen darf, traue ich mich auch nicht, seinen Rechner zuzuklappen.

Ich versuche, mich damit abzufinden. Ihn nicht unter Druck zu setzen.

Was für ein abscheuliches Gefühl war es, als er angewidert meine Hand abschüttelte, als ich ihm neulich mal gedankenverloren den Nacken gekrault habe.

Ich hätte mir die Hand am liebsten abgehackt, so widerlich war sie auch mir in diesem Moment geworden.

Jetzt habe ich mich daran gewöhnt. Außer ihm und mir bekommt es ja keiner mit.

Wenn ich mich verstecke und mich ruhig verhalte und gar nicht erst versuche, ihm zu nahe zu kommen, dann wird er sich durch meine Anwesenheit nicht gestört fühlen.

Wenn ich ihn nicht störe, bleibt er bei mir. Wenn ich ihn nicht störe, verlässt er mich nicht.

Ich komme klar. Ich bin unsichtbar und ekelhaft, na und? Hauptsache, er ist hier.

Er ist nicht mehr so bezaubernd zu mir wie früher, dafür ist er tagein tagaus in meiner Nähe.

Das ist besser, tausendmal besser, als diese schreckliche hoffnungslose, uferlose Sehnsucht nach ihm.

Ich finde mich damit ab.

Ich nehme, was ich kriegen kann. Ich heule ja auch nicht die ganze Zeit, weil meine Wohnung zu klein ist, oder wegen schlechten Wetters oder roter Ampeln.

Manchmal kann ich ihn dazu überreden, die Kopfhörer rauszunehmen und sich mit mir zusammen Dokus anzusehen. Wie „früher".

Also, wie letzte Woche, als er noch nicht so seltsam war.

IHREM LIEBHABER WAR es egal, ob sie lebte oder tot war. Er nahm sich viel Zeit, um ihr zu zeigen, wie sehr er sie hasste.

Uwe Barschel befand sich seit zwei Tagen mit seiner Frau Freya in einer Ferienanlage auf Gran Canaria. Dann musste er nach Kiel fliegen, um dort vor dem Untersuchungsausschuss wegen der schleswig-holsteinischen Landtagswahl auszusagen.

Er legte allerdings noch einen Zwischenstopp in Genf ein, um dort einen gewissen Robert Roloff zu treffen, der ihm entlastendes Material aushändigen sollte.

Er landete am späten Nachmittag am Genfer Flughafen, schüttelte dort zwei Reporter des Stern ab, stieg in ein Taxi, mit dem er zwei Mal den Flughafen umrundete, wie er später seinem Bruder am Telefon erzählte. Allerdings kann man den Genfer Flughafen nicht umrunden, es gibt keine Straße, die den Flughafen umrundet. Dann fuhr ihn der Taxifahrer zum noblen Beau Rivage am Genfer See, obwohl Barschel eigentlich in einem anderen Hotel ein Zimmer gebucht hatte.

Der Taxifahrer wurde nie identifiziert.

Barschel checkte ein, telefonierte mit seiner Frau und seinem Bruder, machte sich Notizen, bestellte sich eine Flasche Rotwein mit zwei Gläsern aufs Zimmer. Die leere Flasche wurde später nie gefunden und auch nur ein Glas, auf dem sich lediglich ein Fingerabdruck Barschels befand.

Sie lag mit ihm im Bett und sie schauten schon die zweite oder dritte Barschel-Doku auf seinem Handy. Sie wollte, dass er mit ihr schlief oder sie wenigstens streichelte, aber er hatte sich an Barschel festgebissen, sie vermutete, um sie zu quälen. Oder war sie paranoid? Aber warum um Himmels Willen fasste er sie nicht an? Mittlerweile war sie zu müde, um sich darüber aufzuregen.

Nachdem auch in dieser Doku alle Staatsanwälte, Zeugen und so weiter übereingekommen waren, dass es wahrscheinlich kein Selbstmord gewesen war, schlief sie ein, und dann wachte sie wieder auf und rieb sich an ihm und er sagte, sie solle aufhören, an ihm herumzuschrauben, und dann wandte sie sich von ihm ab und versuchte zu onanieren, aber das funktionierte auch nicht und war ihr auch zu peinlich und sie versuchte einzuschlafen, und irgendwann im Morgengrauen beschwerte er sich bei ihr, wegen ihrer Unruhe. Ob sie das Restless-Legs-Syndrom hätte, und es lag die Drohung in der Luft, dass er gehen könnte, wenn sie ihn weiter nervte, also versuchte sie, weniger unruhig zu sein.

Wenn er schon nicht mit ihr vögeln wollte, dann konnte er sie doch wenigstens würgen und ihr was Giftiges einflößen. Er könnte sie danach in die Badewanne schleifen und es wie einen Selbstmord aussehen lassen.

Dann schlief er ein und sie sah die Barschel-Doku alleine weiter.

Uwe Barschel starb in Genf. Starb in warmem Wasser oder war vielleicht vorher schon tot. Wahrscheinlich hatte man ihn in die Wanne gelegt, als er schon tot war, vier verschiedene Medikamente im Blut. Das letzte und tödlichste hatten sie ihm eingetrichtert, als er schon bewusstlos war und dann hatten sie ihn in die Wanne geschleift. Barschels Leiche hatte Hämatome an der linken Stirnseite. Waren sie mit ihm beim Transfer von Hotelbett zur Badewanne an den Türrahmen gestoßen?

Sie lag still, um ihn nicht zu stören oder zu verärgern. Vielleicht würde er sie dann nach dem Aufwachen ficken.

Vier Geheimdienste hatten Barschel im Nacken gesessen und dazu noch der Flugzeugabsturz, den er ein halbes Jahr vorher knapp überlebt hatte.

Sie wollten ihn töten und hatten es schließlich geschafft.

Sie hoffte, dass auch sie jemand eines Tages für wertvoll genug erachtete, um sie zu ermorden.

Warum waren sie so hinter Barschel hergewesen? Wegen der U-Boote, die irgendwie über die DDR nach Südafrika verkauft wurden. Wegen der Flugzeuge, die Israel an den Iran verkauft hatte, und Pilotentrainings auf schleswig-holsteinischen Flugplätzen.

Oder vielleicht hatten sie Barschel auch einfach grundlos gehasst.

Man hatte Barschel nicht mehr geil gefunden. Barschel hatte genervt. Barschel war ihnen auf den Sack gegangen. Da hatte er sterben müssen.

Uwe Barschel hatte Glück gehabt. Er wurde direkt gehasst, sie hingegen nur beiläufig.

War Barschel glücklich gewesen, als er gemerkt hatte, dass es keinen Sinn mehr hatte, sich zu wehren? War Barschel glücklich gewesen, als er gemerkt hatte, dass sie ihn töten wollten? Bestimmt. Was hatte Barschel für ein Glück gehabt. Warum konnte sie nicht auch so sein. So glücklich wie Barschel.

ICH KAM IN dieser Nacht extra spät nach Hause, um ihm ein komisches Gefühl zu geben.

Als ich ankam, war er wach und es wurde draußen schon hell. Er lag in meinem Bett und tippte auf seinem Handy rum. Ich setzte mich an den Tisch und erzählte ihm gleich ganz genau, wo ich gewesen war und wen ich getroffen und mit wem ich gesprochen hatte.

Ich ließ keine Lücken, um ihn zu beruhigen. Dabei wirkte er gar nicht unruhig. Er schien auch gar nicht richtig zuzuhören, sondern war mit seinem Handy beschäftigt.

Seine Laune schien nicht die beste zu sein. Vielleicht hatte das doch mit meiner langen Abwesenheit zu tun, vielleicht auch nicht. Aber ich klärte ja gerade alles auf.

Meinen Plan, mich mysteriös zu geben, hatte ich verworfen, beziehungsweise der Plan hatte sich von selber verworfen, denn sich mysteriös zu geben, um andere zu quälen, das liegt mir leider nicht.

Wegen seiner Gereiztheit legte ich mich auch nicht neben ihn, wie ich es eigentlich vorgehabt hatte. Somit hatte sich auch mein zweiter Plan verworfen.

Also, weder gab ich mich mysteriös, noch hatte ich mich ausgezogen und neben ihn gelegt und seinen Schwanz in Hand oder Mund genommen, obwohl ich mich die ganze Nacht eigentlich schon darauf gefreut hatte.

Stattdessen saß ich am Tisch und erzählte ihm haarklein meinen Abend und wusste sonst weiter nichts mit mir anzufangen, außer dass ich versuchte eine vage, aber gewaltige Unruhe niederzukämpfen, was ihn, was uns, was mich betraf.

Jetzt war er am Reden und zwar über Heidi Klum, weil er wohl gerade auf dem Handy was über sie gelesen hatte, und er meinte, junger Mann und alte Frau, das ginge gar nicht.

Und jetzt fühlte ich mich auch als alte Frau bezeichnet, denn ich bin wie die Klum über 40, und um mich noch weiter fertigzumachen, fragte ich ihn, ob er sich denn vorstellen könnte, was mit einer 20 Jahre Jüngeren zu haben, und er meinte, ja, aber er würde sowieso niemals heiraten wollen, und mir wurde noch schlimmer, denn ich wollte ihn ja damals noch heiraten. Also hatte sich nun auch mein dritter Plan verworfen.

Er war mit der Klum noch nicht fertig und sagte, dass man sie sowieso nicht mögen könnte, und schon auf allen Bildern mit Vito Schnabel hätte man gesehen, wie sie sich an ihn drangehängt hätte und er sie nicht mochte.

Meine bisher nur vage Unruhe war jetzt überhaupt nicht mehr vage, weil ich seine ganze Klum-Gehässigkeit eins zu eins auf mich bezog, und deswegen hatte ich mich irgendwie nicht mehr im Griff und sagte: „Das ist ja wie bei uns." Also, dass ich mich an ihn dranhänge, obwohl er mich eigentlich gar nicht mochte.

„Ja, aber von uns gibts keine Bilder", antwortete er.

Meine erst sehr vage, dann sehr deutliche Unruhe hatte sich nun in richtig richtig schlechte Laune transformiert.

Deswegen hörte ich ihm nicht mehr zu, als er noch weiter über Schnabel, Klum und Kaulitz redete.

Er bemerkte das sogar, und er fragte mich nun zornig, was denn jetzt plötzlich mit mir los wäre?

Ich sagte, dass ich Angst vor ihm hätte, denn die erst vage, dann deutliche Unruhe und die darauf folgende schlechte Laune hatten sich nun in eine allgemeine Angst transformiert und er sagte:

„Angst? Quatsch", und er hätte schon heute Nachmittag geahnt, dass ich ihm demnächst genau so ein Gespräch aufdrücken würde, wir hätten so eine Situation doch schon mal gehabt und er hätte sich schon tagsüber gedacht, dass sowas demnächst kommen würde, und er würde sich jetzt überlegen zu gehen.

Ich sagte, das wäre nicht nötig, denn wenn es Quatsch wäre und ich keine Angst vor ihm zu haben bräuchte, also, dass er mich verlassen oder verarschen würde, dann könnte er doch bleiben, dann wäre doch alles in Ordnung.

Er antwortete, dass ihn dieses Gespräch annerven würde, und immer wenn alles gut liefe, dann käme ich mit so einem Ding an, und ich sagte, wieso denn: „Ist doch alles ok."

Wenn ich also keine Angst vor ihm zu haben bräuchte, dass er mich verarschen oder verlassen würde, dann würde ich eben keine Angst mehr vor ihm haben, denn dann bräuchte ich keine Angst vor ihm zu haben, wenn ich ihm vertrauen könnte und es Quatsch wäre, Angst vor ihm zu haben.

Aber meinte dann, es könnte sein, dass er jeden Moment auch wieder weg sei.

Dass er mir das jetzt sagte, nachdem er nun schon einige Wochen bei mir wohnte, bestätigte meinen Verdacht, dass er nur wegen meines WLANs und des kostenlosen Essens, des Stroms und des fließend warmen Wassers bei mir wohnte.

Genau dieser Verdacht hatte ja die vage Unruhe erzeugt, die sich an diesem denkwürdigen Morgen erst in eine deutliche Unruhe und dann in sehr schlechte Laune transformiert hatte.

Ich hatte es bisher nicht glauben können, beziehungsweise nicht wahr haben wollen, denn wer macht denn sowas? Sicher, er hatte im Moment keinen Job und kein Geld und deswegen bei sich zu Hause keinen Strom mehr und kein warmes Wasser und kein WLAN.

Aber man legt sich doch deswegen nicht wochenlang bei einer Frau ins Bett, von der man weiß, dass sie einen liebt, oder?

Aber man tut es eben doch, und ich schwieg jetzt, und er sprach weiter, dass er sich sowieso gerade fragen würde, ob es nicht ein Fehler von ihm war, so lange bei mir zu bleiben, jetzt wäre er eben gerade hier, aber das wäre nicht von Dauer.

Und jetzt hatten sich mein Verdacht, die vage Unruhe, die deutliche Unruhe und die schlechte Laune in Verzweiflung verwandelt, das heißt, mir war in diesem Moment eigentlich alles egal, und deswegen setzte ich mir ein metaphorisches Messer aufs Herz, um ihn damit zustechen zu lassen und ich sagte:

„Also, du siehst mich nicht als deine Freundin an oder glaubst nicht, dass wir eine Beziehung haben?", und er nahm das Messer, stach zu und drehte es in meinem Herzen um, als er sagte: „Nein." Und ob ich ihn denn ernsthaft als meinen Freund betrachten würde und ich stammelte:

„Nein, ich weiß nicht, eigentlich eher nicht."

Und er sagte: „Na, also, daran musst du es doch merken." Und er wäre kein Beziehungstyp und sehr gern allein.

Ich sagte, darum ginge es gar nicht, ich wäre auch sehr gern allein, aber er hätte eben sehr große Macht über mich und mit großer Macht käme große Verantwortung und er sagte, er fände das kacke, dass ich so einen Druck aufbauen würde.

„Verantwortung", sagte er und lachte verächtlich.

Und wenn er mich jetzt so sähe, beziehungsweise wegen dieses Gespräches, dann würde er sich fragen, ob es nicht ein Fehler sei, so viel bei mir abzuhängen, was ich denn ohne ihn machen würde, wenn ich jetzt schon so auf ihn reagieren würde.

Und ich sagte jetzt, dass könne ihm doch egal sein, was ich fühle, denn wenn er nicht mein Freund sei und ich nicht seine Freundin, dann wäre da doch nichts zwischen uns, also, was es ihn denn dann überhaupt kümmern würde, was ich fühlte und er sagte:

„Schnallst dus nicht?", und ich fragte:

„Was denn?", und er fragte noch einmal, ob ich es nicht schnallen würde. Ich weiß bis heute nicht, was er damit meinte, und ich fing dann an, irgendwie herumzustottern, ich weiß auch nicht mehr, was ich eigentlich gesagt habe oder sagen wollte.

Zu Verdacht, Unruhe und Verzweiflung hatte sich nun auch die Verwirrung hinzugesellt und er meinte dann, ich würde wie Didi Hallervorden klingen, weil ich so stottern würde, und um ihm noch mehr Gelegenheiten zu geben, mich herunterzumachen, entschuldigte ich mich für mein Gestotter.

Und er sagte, ich müsse mich nicht entschuldigen, und er beschwerte sich wieder über das Gespräch an sich.

Ich sagte dann: „Gut, dann beenden wir dieses Gespräch eben jetzt." Denn ich konnte gar nicht mehr sprechen oder etwas sagen oder sonstwie handeln, und das war ja auch gar nicht nötig, denn nun hatte ich die nötigen Informationen.

Auf Verdacht, Unruhe, schlechte Laune, Verzweiflung und Verwirrung folgte Müdigkeit.

Ich legte mich neben ihn, beziehungsweise in mein Bett, wo er mir den Rücken zudrehte und die Kopfhörer aufsetzte und wieder auf sein Handy schaute.

Ich konnte dann aber nicht einschlafen. Die Müdigkeit war zugunsten der Unruhe zurückgewichen.

Also stand ich auf und ging in meine Küche und trank dort ein Glas Wasser, und dann ging ich wieder in mein Zimmer zurück und drehte mir eine Zigarette und setzte mich wieder an meinen Tisch und betrachtete ihn, der da lag mit meinen Kopfhörern in meinem Bett.

Er lag ganz ruhig da, ich konnte sein Gesicht nicht sehen, aber er schien jetzt tatsächlich zu schlafen.

Mir wurde klar, dass er jetzt auf keinen Fall mehr hier bleiben konnte, und ich war überrascht, dass ihm das nicht auch klar war.

Also stand ich auf und berührte ihn an der Schulter und sagte ihm, er müsse jetzt sofort gehen.

Er regte sich total auf, „warum denn, warum denn?", fragte er, und ich sagte, weil ich nicht verstünde, warum er hier sei, wenn zwischen uns nichts wäre, und wenn zwischen uns nichts wäre, dann würde er mich nicht interessieren, und deswegen müsse er eben sofort gehen.

Er sprang aus dem Bett und zog sich seine Unterhose an und nannte mich stupide und Spatzenhirn, und wenn ich noch einmal sagen würde, dass zwischen uns nichts wäre, wenn ich mich noch einmal wiederholen würde, dann würde was passieren.

Ich saß wieder am Tisch und sah ihm dabei zu, wie er seine Sachen zusammensuchte und ließ mich beschimpfen und wurde ein bisschen feucht zwischen den Beinen, als er sagte, es würde was passieren, und ich fragte mich, was er meinte, ob er mir vielleicht eine scheuern wollte oder etwas Ähnliches, das hätte mir gefallen in diesem Moment, aber ich sagte, er solle sich verpissen, und er sagte:

„Du sagst nie wieder zu mir, dass ich mich verpissen soll."

Er schlug mich nicht, aber er sagte, es wäre nun endgültig vorbei mit uns und er würde nie wieder mit mir reden und ich bräuchte nie wieder anzukommen und dass ich keinen Durchblick hätte und dass ich dumm wäre.

Ich sagte nichts mehr und wartete, dass er ging, wahrscheinlich heulte ich auch, aber stumm, also, ich ließ nur stumm Tränen meine Wangen hinunterlaufen, während er wie ein aufgescheuchtes Huhn im Zimmer umherlief und seine Socken suchte oder seine Sachen packte.

Es dauerte alles länger als nötig. Vielleicht wartete er darauf, dass ich ihn bitten würde zu bleiben, aber ich tat es nicht, und er beschwerte sich, dass ich ihn nicht schlafen ließ und um halb sieben Uhr morgens auf die Straße setzte, obwohl er sich doch heute Vormittag auf meinem Balkon hatte sonnen wollen.

Dann hatte er endlich alles beisammen und stürmte aus dem Zimmer und ich sprang auf, um ihn zur Tür zu bringen, wenigstens das wollte ich noch für ihn tun, aber er war schneller und rannte hinaus, mit seiner Tasche über der Schulter und seinem Longboard in der Hand und er knallte meine Wohnungstür zu.

Ich war jetzt vorerst doch sehr müde und gar nicht mehr unruhig oder verzweifelt oder schlecht gelaunt.

Ich legte mich einfach in mein Bett, das noch warm von seinem Körper war, und fiel in einen sogenannten tiefen traumlosen Schlaf, aus dem ich erst am Nachmittag erwachte.

Auf meinem Handy war eine SMS von ihm, ob ich mich wieder beruhigt hätte, und ich antwortete: „Ja."

ACH, WAS SOLLS.

Ob er nun mein Freund ist oder nicht, tut nichts zur Sache.

Denn er ist es, wir leben jetzt zusammen, teilen Tisch und Bett.

Wer wollte das bestreiten?

Könnte es wirklich sein, dass er nur hier ist, weil er bei sich zu Hause keinen Strom und kein WLAN mehr hat, weil sie ihm das wegen unbezahlter Rechnungen abgestellt haben?

Nutzt er mich wirklich nur aus? Hat er denn niemand anderen, den er ausnutzen kann?

Aber wer würde sowas tun: sich kommentarlos bei einer verliebten Frau wegen Zugang zu Strom, WLAN und warmem Wasser einnisten?

Wie erbärmlich von mir, ihm sowas zu unterstellen. Was soll denn das für eine Verliebtheit sein, wenn man in der Lage ist, dem Gegenüber sowas zu unterstellen?

Wie erbärmlich wäre es, in jemanden verliebt zu bleiben, dem man so etwas unterstellt.

Selbst wenn er WIRKLICH nur wegen Strom und WLAN tagelang in meinem Bett liegenbliebe, wie könnte ich ihm das verwehren?

Wer wäre ich, wenn ich ihm in seiner schwierigen Lage nicht helfen wollte? Oder gar Gegenleistungen erwarten würde, Gegenleistungen körperlicher Art?

Das hieße ja, von ihm zu verlangen, sich bei mir für Strom und WLAN zu prostituieren, und was wäre das denn für eine miese Art, verliebt zu sein?

Ich verstehe nicht, wieso er hier ist, aber ich frage lieber nicht nochmal nach warum, das wäre unfein.

Ich könnte ja jetzt auch endlich zufrieden sein. Genau das wollte ich doch immer. Zeit mit ihm verbringen, und es ist eben nicht immer alles so, wie man es sich vorgestellt hat, und es ist doch nicht seine Schuld, dass ich mir so viel vorstelle.

Ich versuche nicht mehr, ihn zu Zärtlichkeiten zu animieren oder ihn darum anzubetteln.

Ich beschwere mich nicht, ich fordere nichts, ich verhalte mich unauffällig und bewundere mich für meine Selbstbeherrschung. Das ist ein gutes Training, aber wofür?

Ich verhalte mich so geschmeidig und unauffällig wie möglich, und es tut mir ganz gut, mein Verhalten nicht mehr von seinem abhängig zu machen. Ich lasse mir nicht anmerken, dass seine Ignoranz mich verletzt.

Ich habe endlich meine Emotionen im Griff. Ich lese und arbeite und denke gar nicht mehr daran, ihn zu berühren.

Zum Schlafen lege ich mich so weit von ihm weg wie möglich, und ich teile auch meine Bettdecke nicht mehr mit ihm, sondern habe mir noch eine bezogen.

Ich bin jetzt autonom und vermeide jeglichen Körperkontakt mit ihm.

Wenn wir durch Zufall doch zusammenstoßen, ziehe ich meine Hand zurück, als hätte ich mich verbrannt.

Seitdem ich es hartnäckig ignoriere, dass er mich ignoriert, ist er zugänglicher geworden.

Er schaut mich wieder an und spricht auch wieder mit mir.

Eines Abends, als wir nebeneinander im Bett lagen und er auf seinen Rechner starrte und ich in mein Buch, geschah es.

Er griff nach meiner Brust und zog mir die Pyjamahose runter.

Es dauerte nicht lange, aber es war gigantisch wie immer.

Aber jetzt stichelt er herum und versucht, mich zu provozieren. Er dreht mir die Worte im Mund herum und findet in harmlosen Bemerkungen, Beweise für meine Niederträchtigkeit.

Mir ist es egal. Dann bin ich eben niederträchtig. Warum dagegen ankämpfen? Er kann jederzeit gehen, wenn ihm das nicht passt.

Erstaunlich, dass er überhaupt noch hier ist.

Was für ein Horror muss das sein, mit mir zusammenzuleben und unter meiner permanenten Beobachtung zu stehen. Alle seine Gesten und Worte werden von mir analysiert und auf Beweise hin gescannt.

Für mich, gegen ihn oder umgekehrt.

Jeder Blick wird protokolliert. Jeder Atemzug wird ein Indiz.

IM HERD WAREN Hähnchenschenkel, die hatte sie ihm nach dem Sex aus Dankbarkeit gekauft. Sie wollte ihm Bescheid sagen und ging aus der Küche ins Zimmer.

Aber als sie ihn sah. Wie er auf der Bettkante saß. Fiel ihr sofort das Lächeln aus dem Gesicht.

Er tippte auf seinem Handy herum und auf seinem Laptop liefen die Simpsons im ProSieben-Livestream. Nicht mal fürs Simpsons-Glotzen reichte seine Aufmerksamkeitsspanne. Du liebe Güte, war der unterkomplex.

Vielleicht war das wirklich seine Welt.

Bild Online lesen, Pro Sieben glotzen und Fleisch essen.

Er war ein ganz normaler deutscher Mann.

Sie war eine ganz normale deutsche Frau.

Nach der Vögelei war sie rausgegangen, hatte eingekauft und Essen gemacht.

Die Kartoffeln, den Salat, die Hühnerbeine oder Hähnchenschenkel oder Chickenwings oder was das war.

Aber, oh Gott, wie er dasaß!

Angespannt und unlocker, krumm und steif. Wenn er schon Simpsons guckte, dann könnte er doch wenigstens mal lachen, statt so wichtigtuerisch auf seinem Handy rumzutippen.

Klar hatte er sie am Anfang ihrer Geschichte auf Abstand gehalten, weil er nämlich nicht wollte, dass sie genau das mitbekam. Wie hirntot er auf Bettkanten sitzen konnte.

Gute Laune hatte der doch eigentlich nur, wenn er besoffen war. Lange würde sie sich mit dem Typen nicht mehr abgeben. Aber noch war es nicht so weit, denn sie hatte gekocht. Das Essen war fertig.

Totes Tier für toten Mann, so sah sie das jetzt.

Unbeweglich saß er da und stierte auf sein Handy. Er machte mal wieder einfach alles falsch.

Dafür dass sie ihn bekochte, sollte er schneller auf sie reagieren, oder? Aber er tippte erstmal seine Nachricht fertig, bevor er ihre Anwesenheit zur Kenntnis nahm.

War sie etwa seine Dienstmagd oder Köchin, oder was?

Sie hatte Essen gemacht! Sie kochte für ihn, und er leistete ihr dabei in der Küche nicht Gesellschaft, er hatte nicht angeboten, Zwiebelchen zu schneiden, Knoblauch zu quetschen, Salat zu waschen.

Sie hätte das auch nicht gewollt. Um Himmels Willen!

Aber trotzdem. Er hätte sie ja wenigstens mal fragen können.

Sie hätte seine Hilfe großzügig abgelehnt.

„Nein, nein, lass mal", hätte sie gesagt.

„Entspann dich, bleib liegen. Ich habe ja schon einge-kauft und die Spülmaschine aus- und eingeräumt und die Wäsche gewaschen und sortiert und das Klo geputzt und das Waschbecken geschrubbt, da werde ich das mit dem Kochen wohl auch noch alleine schaffen. Leg du dich mal schön wieder hin und glotz Simpsons, anstatt mit mir zu reden und mir zärtlich durchs Haar zu streichen und mir verliebte Blicke zuzuwerfen."

Sie war dann aber ganz gern allein in der Küche gewesen, hatte Musik gehört, Kartoffeln geschält, Hühnerbeine mit Honig bestrichen, Bierchen getrunken und telefoniert.

Alles war ok gewesen, bis zu dem Moment, als sie ihn da so blöde auf der Bettkante sitzen sah.

Wie krumm er dasaß und auf sein Handy stierte, anstatt sie sofort anzustrahlen, als sie das Zimmer betrat.

Stattdessen kam nach Ewigkeiten so ein widerlicher misstrauischer genervter Blick.

„Was will die denn jetzt?"

Wenn er sich wenigstens aufrecht halten würde! Wenn er wenigstens ein richtiges Buch lesen würde!

Oder wenn er sich richtig aufs Bett gelegt hätte und den Rechner neben sich gestellt oder sich mit dem Rücken an die Wand gelehnt und ein Kissen druntergestopft hätte.

Aber so? Es war einfach unmöglich, wie er da saß und sie ignorierte.

Gekrümmt, mit dem halben Hintern auf der Bettkante, den aufgeklappten Rechner vor sich auf dem wackligen Stuhl, der ihr als Nachttisch diente.

Er stierte auf das Handy in seiner Hand und schnallte deswegen gar nicht, wie behämmert er aussah. Was für ein Loser.

In der Tür stehend musste sie warten, bis er mit dem Handygetippe fertig war. Sie wollte den Mistkerl ja nicht bei was Wichtigem unterbrechen, mit ihrer unwichtigen Information, dass sie ihm eine köstliche Speise zubereitet hatte.

Er tippte und sah nicht auf, schien sie nicht zu registrieren, kümmerte sich nicht um sie, schenkte ihr keine Aufmerksamkeit und sie traute sich nicht, ihn einfach anzusprechen, wo er doch gerade so beschäftigt war mit den Simpsons oder Bild Online oder was Beruflichem bei Whatsapp.

Also, das würde sie nie wagen, ihn zu stören, weil sie ihn doch so sehr respektierte und schätzte.

Er tippte auf seinem Handy herum und ließ sie da stehen, ja, es schien beinahe, als ob er sich von ihr gestört fühlen würde!

Als ob es nicht ihr gutes Recht wäre, einfach so in ihrem Türrahmen herumzustehen und sich diesen Widerling anzuschauen.

„Essen ist fertig!", sagte sie eifrig, als er endlich seine stahlblauen Augen mit dem eiskalten Blick auf sie richtete.

„Oh geil!"

Er stand auf, und sie folgte ihm in die Küche und drückte ihm dort Teller und Besteck in die Hand. Dieser Kretin tat ja immer noch so, als würde er sich bei ihr nicht auskennen und nicht wissen, wo was steht oder wo was hingehört.

Dann zeigte sie ihm: die Kartoffeln, die Butter, den Salat und die Hühnerbeine im Ofen.

Die kleine Ratte sollte sich nehmen, soviel sie wollte, und sie wusste ja nicht, wieviel die Ratte wollte.

Zu viel, zu wenig, mochte er überhaupt Salat? Hoffentlich waren die Kartoffeln durch? Hoffentlich schmeckte ihm die asiatische Hühnerbeinwürzung!

Sie schob Brettchen und Bierchen beiseite, machte Platz auf dem Küchentisch, denn jetzt würde er sich ja bestimmt mit ihr hinsetzen, in der Küche im Abendsonnenschein, und sie würden gemeinsam essen und plaudern, er würde ihre Kochkunst loben und sie streicheln und anschauen und beachten und sie noch mehr loben und ihr etwas Schönes erzählen, etwas, worüber er gerade was in der Bild gelesen hatte, usw. usf.

Aber nachdem er seinen Teller beladen hatte, ging er einfach so wieder ins Zimmer zurück. Zurück zu Handy und Rechner und Bett. Er müsse dringend noch ein paar Mails schreiben, nuschelte er.

Gott, der war ja komplett retardiert.

Nicht mal die einfachsten menschlichen Interaktionen waren mit diesem emotionalen Krüppel möglich. Der kümmerte sich einfach gar nicht um sie. Das würde sie aber nicht mehr lange mitmachen, weil sie sich demnächst nämlich einen anderen suchen würde. Vielleicht sollte sie sich mal wieder bei Tinder anmelden oder ihre Joyclub-Profile aktivieren, OKCupid, Elitepartner, Poppen.de, Lovoo, Jappie, Parship, egal.

Irgendwo musste sich doch ein neuer Märchenprinz für sie finden lassen. Oder sollte sie doch diesem einen Typen antworten, den sie neulich kennengelernt hatte, und der Millionär vom letzten Wochenende, hatte der ihr nicht geschrieben, dass seine Freundin ihn verlassen hätte?

Egal wo, egal wie, egal wen, sie musste unbedingt schnell jemand anderen finden. Sie hatte was Besseres verdient als diesen Neandertaler.

Aber schon bei der Vorstellung, irgendein ihr unbekanntes Weichei könnte in ihrer Nähe ein Buch lesen oder würde knechtisch ihre Spülmaschine einräumen oder sich irgendwie einfühlsam mit ihrem nackten Körper befassen, schüttelte es sie.

Sie aß allein in der Küche, sie tat das gern.

Konnte schmatzen und kleckern, musste sich nicht unterhalten, konnte Instagram checken und die Welt lesen. Das Essen war lecker.

„Lecker!", rief er ihr aus dem Schlafzimmer zu.

„Danke!", rief sie in hohem Flötenton zurück.

Er kam wieder und nahm sich nach.

Tjaha, Liebe geht durch den Magen.

Er ging mit dem Teller wieder weg.

Hoffentlich kleckerte er ihr Bett nicht voll.

„Nicht kleckern!", hätte sie ihm beinahe nachgerufen.

Aus Sicherheitsgründen folgte sie ihm ins Zimmer und setzte sich mit ihrem Teller dort an den kleinen Tisch.

Nach den Simpsons kam Galileo, es ging darum, ob und wie Grillen im Park erlaubt ist oder so. Oder auch nicht, sie wusste es nicht, sie hörte nur die Worte: Park und Grillen.

Irgendwas an der Art, wie er da schon wieder mit krummen Rücken stupide und abgestumpft auf der Bettkante saß und sich beim Essen diesen Müll reinzog, machte sie aggressiv.

„Diese Grillerei müsste überhaupt komplett verboten werden", sagte sie.

„Wieso denn?", fragte er.

„Was gibts denn bitte den ganzen Sommer lang in öffentlichen Parks zu grillen? Diese massenweise Fleischverbrennerei und Fresserei ist doch absurd und schon gar bei der Hitze, was soll denn das? Sitzen und essen, was ist denn das bitte für eine Beschäftigung?"

„Wo sollen die Leute denn sonst grillen?", fragte er.

„Die können doch was anderes machen als grillen, die müssen doch nicht grillen. Wieso wollen denn immer alle grillen?"

„Na, weils Spaß macht."

„Was soll denn daran Spaß machen? Unterbelichtete vielleicht oder Neandertaler, die stehen drauf. Feuer und Fleisch. Aber wir sind hier doch nicht bei den Höhlenmenschen. Wenn man unbedingt draußen essen muss, kann man sich doch auch mal einen Salat in einer Tupperdose mitbringen oder sich eine Pizza holen. Aber nein.

Diese Horden müssen monatelang Billigfleisch aus dem Discounter abfackeln, in unseren öffentlichen Grünanlagen. Alles vollstinken und vollmüllen. Das geht nur in Deutschland. In Deutschland ist einfach alles erlaubt und deswegen ist es hier auch überhaupt nicht mehr auszuhalten. Geh mal nach London, Wien oder Paris, da ist das nicht erlaubt in den Parks, das Grillen, und es ist wirklich unglaublich, alle kommen trotzdem klar!"

„Dann hau doch ab, nach Wien oder Paris!"

„Ja, mach ich auch! Hier ist ja alles kaputt. Geh mal in den Mauerpark, das ist die totale Katastrophe. Die Wiese niedergetrampelt und verbrannt, und dann sind da noch überall Hunde und laute Musik und Dealer, Fahrraddiebe und Glasscherben. So eine Verwahrlosung ist nur in Deutschland möglich, aus eierloser, falsch verstandener Toleranz. Weil: Wir haben mal KZs gebaut, deswegen müssen wir uns jetzt im Dreck wälzen und dürfens nie mehr schön haben."

Jetzt hatte er den Rechner zugeklappt und einen richtig bösen Blick.

„Du hast sehr fragwürdige Einstellungen, das macht mir langsam ein bisschen Sorgen. Ich frag dich nochmal: Wo sollen denn die Leute hin, wenn sie im Park nicht grillen dürfen?"

„Das ist mir wurscht. Die sollen nicht grillen. Wenn diese Trottel unbedingt grillen müssen, dann eben im Garten oder bei Freunden."

Er hatte sich vor ihr aufgebaut und fixierte sie mit eis-
blauen Augen.

„Aber du weißt doch sicherlich, dass Deutschland ein
Land der Mieter ist und viele keinen Garten haben. Sind
ja oft auch Ausländer, die grillen. Hast du was gegen Ausländer?"

HALT! Ausländer? Sagte man das noch? Und darum
gings doch gar nicht, wieso drehte er denn jetzt alles in
diese Richtung, wie kam er denn jetzt darauf? Hielt er sie
jetzt etwa nicht mehr nur für nervig und verrückt, sondern auch noch für rechts? Und war nicht ER rechts, wenn
er AUSLÄNDER sagte?

Und wie kam er jetzt darauf, in den Parks waren doch
alle am Grillen ... Sie musste jetzt schnell reagieren, durfte
jetzt auf keinen Fall weich werden, nachgeben, sich als
Nazi bezeichnen lassen:

„Nee, aber das Leben ist nicht gerecht. Muss denn jeder
immer alles haben dürfen? Es gibt ja auch Leute, die können es sich nicht leisten, in ein 3-Sterne-Restaurant zu
gehen, und da verlangt auch keiner, dass das jederzeit
möglich sein soll, dass da alle immer hingehen können.
Wenn man keinen Garten hat, dann hat man eben Pech,
dann darf man eben nicht grillen, ganz einfach."

Er ging jetzt aufgebracht im Zimmer umher wie ein
Tiger im Zoo.

„Die Deutschen wollen immer alles verbieten. Deswegen müssen neuerdings sonntags die Spätis zumachen.

Aber das kann nicht mehr lange gutgehen. Wenn das Grillen auch noch verboten wird, dann wirds ja wohl hoffentlich mal richtig Ärger geben. Obwohl, die dummen Deutschen lassen sich ja immer alles gefallen. Den ganzen Mist mit dem Steuersystem und wie viele Milliarden schon in diesen Flughafen versenkt wurden! Das wundert mich echt, dass da noch keiner auf die Barrikaden gegangen ist. Es gab doch zum Beispiel auch eine ganz klare Abstimmung, dass Tegel offengehalten werden soll, aber der Senat setzt sich einfach darüber hinweg und jetzt soll Tegel trotzdem geschlossen werden!!! Was hat denn das noch mit Demokratie zu tun, frag ich dich.

Wenn die das Grillen verbieten, dann reichts mir hier endgültig, dann hau ich ab. Und ich sag dir, das dauert nicht mehr lange. Wegen so Leuten wie dir, wegen so AfD-Wählern, die alles verbieten wollen, geht hier alles den Bach runter. Wenn das hier so weitergeht, dann bin ich weg, das kannste dir merken," sagte er und klappte den Rechner wieder auf. Das Gespräch war beendet.

Wegen Leuten wie ihr, also AfD-Wählerinnen, die ihm nach dem Sex Hühnerbeine grillten, wollte er also Deutschland verlassen. Also, er wollte sie verlassen, das hatte er doch eigentlich gerade gesagt, oder? Ihr war jetzt ganz schwach zumute, und wenn das nicht ihre Wohnung gewesen wäre, würde sie sich jetzt wohl einfach beschämt davongeschlichen haben.

„Was ist eigentlich los, warum bist du so aggressiv zu mir?", fragte sie ihn mutlos.

„Wieso aggressiv? Darf ich jetzt nicht mehr anderer Meinung sein? Willst du das jetzt auch verbieten?", fragte er zurück.

Es war wie es war. Sie war gut und er war böse, sie war lieb und er nicht. Oder umgekehrt.

Auf der Bettkante saß er, übers Handy gekrümmt. Sie wollte nicht verlassen werden. Sie wollte sich an ihn schmiegen. Sie krabbelte zu ihm aufs Bett, legte sich hinter ihn und drückte ihren Kopf an seinen Rücken. Er rutschte ein Stückchen von ihr weg.

WINTER

MIT UNS LÄUFTS prima. In seinem Leben gibt es jetzt nur noch zwei Frauen: mich und seine Mutter. Vielleicht wird er ihr irgendwann mal von mir erzählen, natürlich, aber jetzt noch nicht, weil sie nicht gesund ist und ganz andere Sorgen hat.

Ich bin jetzt die Frau seines Lebens, die Frau an seiner Seite, die große Liebe, endlich, die einzig Wahre. Die Krönung von allem, was in seinem Leben vorher stattfand.

Er ist angekommen, die Suche hat ein Ende, die Suche, die nie stattgefunden hat.

Bisher hat ihn noch keine Frau einfangen können, weil ihm die Richtige bisher einfach nicht begegnet ist, also, bis er mich traf, nicht, und er dies auch nicht für möglich hielt, beziehungsweise auch gar nicht ersehnte.

Aber jetzt bin ich da und jetzt geht es eben nicht mehr ohne mich. Jetzt hängt er an mir fest, jetzt braucht er mich, jetzt mag er mich, jetzt liebt er mich, jetzt ist er mir verfallen. Und er ist mir absolut treu und er sieht keine andere mehr an und er interessiert sich für keine andere mehr, weil ich allein ihm vollkommen ausreiche.

Haha, schön wärs.

Aber nach dem Sex muss mit mir gekuschelt werden, das hat er jetzt kapiert.

Er hält es nur ein paar Sekündchen durch, und dann dreht er sich um oder steht auf und geht aufs Klo und wenn er sich danach wieder hinlegt, dreht er mir natürlich wieder den Rücken zu.

Was für eine Verschwendung dieser Haut und dieses Geruchs, was für eine Verschwendung der Wärme und Weichheit seines, aber auch meines Körpers.

Ich schäme mich, weil ich so bedürftig bin und süchtig nach ihm und ihn immer anfassen will, immer streicheln und abknutschen.

Ich bin eine schleimige Schnecke, eine Qualle, ein Blob, ein formloses schlabberndes Wesen.

Ich weiß, es ist nervig, aber er muss das aushalten, es ist leider unvermeidbar, sich von mir betatschen zu lassen.

Wenn man hier herumliegen und essen und sein Handy aufladen und ins Internet will, dann darf man meine Liebkosungen nicht zurückweisen.

Ich bin wie so ein schmieriger alter Mann, der ein zartes junges Mädchen bedrängt, das er ohne Geld auf der Straße aufgelesen und nach Hause mitgenommen hat und von der er jetzt verlangt, dass sie sich „erkenntlich zeigt".

Wenn er mir im Bett wie gehabt den Rücken zudreht, schmiege ich mich rücksichtslos an ihn, presse meine nackten Brüste gegen seine Schulterblätter, küsse seinen Nacken, streichle seinen Hintern und schaukle seine Eier.

Ich nehme mir einfach gewisse Freiheiten heraus, und er lässt es über sich ergehen, rührt sich nicht, bis ich von ihm ablasse, bis ich mich genug verausgabt habe und müde geworden bin und von ihm abfalle wie eine Zecke, die sich vollgesaugt hat, und ich mich von ihm wegdrehe und befriedigt in tiefen traumlosen Schlaf falle.

Er traut sich vermutlich nicht, sich zu wehren, obwohl es ihm aller Wahrscheinlichkeit nach bestimmt zuwider ist, sich von mir befummeln zu lassen, aber da muss er jetzt durch. Es gibt keinen Grund mehr, ihn zu schonen.

Strom, WLAN und Schokolade bekommt man bei mir umsonst, aber nicht ewig umsonst.

Was ich am beeindruckendsten an Männern finde, ist, dass auch die Erfolglosesten unter ihnen mit einem größeren

Selbstbewusstsein als jede Frau ausgestattet sind. Männer können ihr ganzes Leben total vermasselt haben, mit einem Haufen Schulden und unbezahlter Rechnungen dastehen, ohne Familie, ohne Job, ohne Wohnung sein, und einen trotzdem immer noch belehren wollen.

Sie sind immer zufrieden mit sich, egal, was passiert, und an ihrer miserablen Lage sind andere schuld und ihre Lage ist nicht miserabel und es gibt nichts, wovon sie Selbstzweifel bekommen könnten.

Ich beobachte ihn und versuche, von ihm zu lernen. Denn wenn er keine Selbstzweifel hat, dann brauche ich erst recht keine zu haben.

Ich kann von ihm lernen, meinen Selbstwert nicht von irgendwelchen äußeren Einflüssen abhängig zu machen, sondern den einfach in mir zu tragen und mir von niemandem irgendwas anhängen zu lassen.

Und ich kann noch mehr lernen: Liebe kann man sich erschwindeln, so wie er sich meine, aber nicht erarbeiten oder verdienen.

Er wird mich nicht plötzlich lieben, weil ich erfolgreich irgendwo einen Text veröffentlicht habe oder man mich für eine Lesung angefragt hat oder ich so lieb zu ihm bin oder ihm Hustensaft aus der Apotheke mitbringe.

Egal, was ich tue, er wird mich niemals lieben.

Egal, was er tut, ich werde niemals aufhören, ihn zu lieben.

Manchmal geht er abends weg, weil er von wichtigen Leuten zum Essen eingeladen wird oder man ihn auf wichtige Parties mitnimmt.

Von derlei Anlässen kehrt er immer gutgelaunt und angeheitert wieder. Weil er noch mehr wichtigen Leuten begegnet ist, Leute, die er entweder seit Jahren nicht gesehen hat oder die er neu kennenlernt und die alle extrem interessiert an einem seiner Serienkonzepte sind.

Manche nur an einem, andere an allen, und dann muss er daran arbeiten, weil die alle immer so schnell wie möglich seine Exposés haben wollen.

Er hat ständig neue Ideen, für Dokumentarfilme, für Dokusoaps, für Fernsehshows, und ist da ständig mit irgendwelchen Produzenten im Gespräch und dann gibt es noch dieses Start-up, was ihn exklusiv anstellen will, aber die müssen erstmal die Webseite fertig bauen, aber die sind wiederum in Kontakt mit diesem Typen aus

München, der beinahe noch interessanter ist, weil der sich mit Augmented Reality beschäftigt, und der auch sehr großes Interesse an seinen Fähigkeiten hat.

Ich freue mich, dass es so gut für ihn läuft, und er ist so bezaubernd, wenn er gute Laune hat, und ich höre mir das gern an, wenn er von draußen wieder zu mir zurückkommt, wie begeistert die Leute von ihm waren, und es ist ja auch verständlich, er kann so ein Sonnenschein sein.

Oh ja. Wenn er es darauf anlegt, ist er einfach unwiderstehlich.

Es ist so schön, wenn sogar ich mich noch hin und wieder an seinem immensen Charme erfreuen darf.

Eine halbe Nacht lang denken uns wir uns Namen für die Filmproduktionsfirma aus, die er mit einem Kumpel zusammen gründen will.

Beim Sex sehen wir uns zwischendurch gegenseitig beim Pinkeln zu und bei der Gelegenheit betrachten wir uns nebeneinander nackt vor dem Badezimmerspiegel.

Richtig gut sehen wir nebeneinander aus. Er lächelt zufrieden und ich habe rote Wangen. Wir wären so ein schönes Paar.

ICH FREU MICH so, dass er mit mir trotzdem ab und zu geschlafen hat, obwohl ich so schräg drauf bin.

Also, ich stand bei ihm von Anfang an unter Verdacht, gestört zu sein.

Womöglich sogar mit Stalkingpotenzial und Klammerpotenzial, hab ich beides nie gemacht, also, fast nie, aber zuzutrauen wärs mir schon gewesen, wäre ja nicht das erste Mal, dass eine wegen ihm durchdreht, er hatte mir so Stories erzählt, und darum habe ich mich bemüht, möglichst nicht durch seine Straße zu gehen, obwohl er um die Ecke wohnt und ich da manchmal lang muss, aber ich bin sicherheitshalber lieber einen anderen Weg gegangen, um nicht schräg rüberzukommen, falls wir uns da mal zufällig begegnen.

Also, klar fand er mich total geil, aber auch potenziell zu anspruchsvoll, potenziell zu anstrengend.

Und potenziell anstrengend ist ja schon anstrengend, oder?

Auch, wenn ich versucht habe, sie zu verbergen, so blitzte sie doch immer wieder durch, meine Schrägheit. Natürlich auch geil, diese Gestörtheit, und ich hätte auch gar nicht versuchen zu brauchen, die zu verbergen, also, das war ja auch schon wieder gestört, dass ich mich manchmal so eingeschüchtert gegeben habe oder so einen auf lieb gemacht habe, denn ich hätte doch wirklich selbstbewusster sein können, also tougher, entschiedener, also nicht so labil, nicht so schräg.

Bei meiner Genialität und so weiter, da bräuchte ich mein Licht doch nicht unter den Scheffel zu stellen, das wäre doch unter meinem Niveau, meinte er.

Aber ich war eben potenziell nervig und potenziell nervig ist ja dasselbe wie nervig.

Schon dass ich nach dem Sex noch lebte und atmete, war nicht so geil.

Da war es gut, dass er am Anfang erstmal auf Abstand gegangen ist, sonst wäre die Chose schon viel früher eskaliert, also, so labil, wie ich war, das wäre nicht gut gegangen, und ich machte ja doch immer wieder dieselben Probleme, wenn wir uns dann mal wieder über den Weg gelaufen sind und dann doch wieder miteinander in der Kiste landeten und es doch alles prima mit uns beiden lief.

Warum musste ich denn immer irgendwie um Aufmerksamkeit betteln.

Ich sei doch kein kleines Mädchen mehr und für Daddy Issues würde er sich gerne zur Verfügung stellen, also, mir mal ordentlich den Hintern versohlen oder so oder mich an seinem Zeigefinger lecken lassen, aber prinzipiell sollte ich mal nicht so egoistisch sein, denn er hätte eine Mutter und unfähige, absolut unfähige Kollegen und Rückenschmerzen und Dateien zu rendern und Magen-Darm und noch eine neue Serienidee und sich besoffen den Kopf am Türrahmen gestoßen und jetzt wahrscheinlich Gehirnerschütterung oder so.

Und am Ende hatte sich sein Verdacht dann endgültig bestätigt, dass ich will, dass alles nach meiner Pfeife tanzt, also, dass ich mich geliebt fühlen will oder so ein Quatsch.

Also bin ich eigentlich gar nicht so schräg drauf, müsste man sagen, sondern ganz normal, so wie alle Tussis eben.

Erst lullen sie einen ein und dann stellen sie Ansprüche. Da muss man eine rote Linie ziehen, man ist schließlich nicht ihr Schoßhündchen oder so, es gibt schließlich genug Beispiele aus dem Freundeskreis, also von Jungs, die sich von so Borderlinerinnen haben unterbuttern lassen, wo man echt nicht verstehen kann, was die an denen finden, so humorlose, kurzgeschorene, fette Tanten, die dauernd an denen herumkritisieren. Neulich hat er die Trulla von dem einen mal wieder gesehen, wie die schon geguckt hat, nur geguckt hat sie, die hat nicht mal gegrüßt, die hat so getan, als würde sie ihn nicht kennen, total gestört, und die war noch hässlicher geworden, seit dem letzten Mal, wenn das überhaupt möglich ist.

ICH WEISS NICHT mehr, wer ich bin oder wie ich aussehe, und das ist mir auch völlig egal.

Wenn er auf dem Bett liegt und ich ins Zimmer komme, dann wirft er mir jetzt so einen Blick zu, und dann lege ich mich neben ihn und er streckt mir ein Bein zum Durchkneten hin. Oder ich soll ihn am Rücken kratzen oder ich knete seine Schultern durch. Und das beruhigt mich total, ihn so lange und ausgiebig anzufassen, und es ist doch schön, wenn man seine Aufgabe im Leben gefunden hat, und meine ist es, ihm jederzeit zu Diensten zu sein.

Mir genügt es, einfach nur noch zu atmen, zu schlafen, zu essen oder aufs Klo zu gehen und weiter nichts zu sein als ein Lebewesen.

Nicht schön, nicht hässlich, nicht Frau, nicht Mann, nicht jung, nicht alt, nicht gut, nicht schlecht, nicht klug, nicht dumm.

Ich versuche nicht mehr, irgendetwas zu erreichen oder zu lernen oder zu mich verbessern.

Brauche ich ja auch nicht. Muss mich nur um ihn kümmern, weiter nichts. Gibt keinen Grund weiter nachzudenken oder sich anderweitig anzustrengen.

Mein Leben ist dann sinnvoll, wenn ich seine Bedürfnisse erfülle und fertig.

Alles, was ich tun will ist, ist ihn kneten, Bad und Küche in Ordnung und den Kühlschrank gefüllt halten, den Aschenbecher auf seinem Nachttisch leeren.

Tisch decken, Tisch abräumen, Spülmaschine aus und ein. Staub wischen, fegen, Klo putzen, Waschbecken schrubben.

Ab in die Wanne. Mich schrubben und rasieren, alles schön sauber, alles schön glatt.

Und dann schnellstmöglich zurück zu ihm ins Bett.

Wir streamen: *Better Call Saul*, *Jerks*, *American Dad*, *Bob's Burgers*, die *Simpsons*, *Big Bang Theory*, *How I Met Your Mother*, *Modern Family*, *South Park* und *Hochzeit auf den ersten Blick* und sehen fern: *Queen of Drags* und *The Masked Singer* und die Tagesschau natürlich.

Als ich einmal aus Versehen auf das Ladekabel seines Laptops trete und der deswegen beinahe vom Bett fällt, werde ich angeschrien und muss deswegen weinen.

Das mache ich aber lieber heimlich auf dem Klo und ich stelle den Wasserhahn an dabei, damit er mich nicht schluchzen hört.

Als ich mit roten Augen wieder ins Zimmer komme, hat er aber doch etwas bemerkt und gemeint, ich soll mich nicht so anstellen, und ich habe nur stumm genickt, weil mir sonst gleich wieder die Tränen gekommen wären, und er hat gesagt, ich solle in Zukunft besser aufpassen, wo ich hintrete, und nicht so überreagieren und ihn damit als Arschloch dastehen lassen.

„Nein, will ich doch gar nicht, mach ich doch gar nicht", habe ich geschluchzt und habe dann aber lieber schnellstens mit Heulen aufgehört, bevor er richtig sauer werden konnte.

WENN DU DICH selbst liebst und ganz bei dir bist und so weiter, dann wird der richtige Mensch in deinem Leben erscheinen. Einer, der wirklich zu dir passt und dich nicht ausnutzt, missbraucht, belügt, betrügt, schlägt und so weiter. Einer, der dich respektvoll behandelt und dich liebt, wie du bist, und du ihn auch und so weiter.

Was für ein Unsinn.

Als ob dich im Himmel wer beobachten würde und dann sagt der: „Oh, kuck mal, die ist jetzt so weit, die ist jetzt würdig, dem richtigen Menschen zu begegnen, nicht den Vollidioten, die wir ihr bisher immer zugeteilt haben, damit sie daraus lernt und sich verbessert und stärker wird. Jetzt hat sie die hohe Erfahrungsstufe erreicht, jetzt können wir sie mit dem passenden liebevollen Menschen belohnen."

Der Traummann als Prämie für ganzheitliches Wohlverhalten. Die Traumfrau als Bonus für seelische Reife.

„Nö", sagt der Körper. „Kein Bock. Ich will mich nicht verbessern, ich geb mir keine Mühe, ist mir zu anstrengend. Ich will Spaß."

Ja, gönn dir, Bruder, gönn dir. Gib dir alles und zwar sofort. Spritz dich voll.

Sonne, Salzwasser, Sperma, Schleim, Schnaps, Koka, Kola, Koma.

Gib gib gib. Nimm alles.

Die Seele aber nölt den Körper die ganze Zeit voll:

„Bring mal endlich den Müll runter, verdien mal mehr Geld, sei mal einfühlsamer, streichel mich mal, immer bist du so müde, wo warst du gestern so lange?" Bis der Körper nicht mehr kann und einfach stirbt.

Und das hat sie nun davon. Sie muss sich einen neuen suchen. Einen armen unschuldigen Embryo. Der noch nicht weiß, dass er sein Leben lang leiden wird, weil er nichts weiter ist als der Avatar für irgendeine bekloppte ruhelose Seele, die sich ungefragt in ihm einnistet.

Ja, die Seele will die ganze Zeit nur sterben, damit sie endlich ins Nirwana darf.

Der Körper aber: Der will leben!

Also, lasst doch die Körper leben und die Seelen sterben.

Ja, geh sterben, Seele.

Keiner wird dich vermissen.

Wir wollen seelenlos sein, in seelenlosen Städten wohnen, in seelenlosen Häusern, seelenlose Musik hören, seelenlosen Sex haben.

Und das ist dann das Nirwana. Endlich Ruhe.

Ich will Ruhe, ich will, dass der Schmerz aufhört.

Aber nichts hilft gegen Liebeskummer. Keine Demos, kein Geld, keine Arme, keine Schokolade, keine Lokomotiven, keine Tomaten, kein Kreuzkümmel, keine Dübel, keine Stiefeletten, kein Nagellack, kein USB-Kabel, kein Reißverschluss, kein Kaugummi, kein Tischbein, kein Schrank, kein Wadenkrampf, kein Badewannenstöpsel.

Was manchmal wirklich gegen Liebeskummer hilft, ist konsequente Überwachung der Aktivitäten von Person X auf Facebook, gehe möglichst oft zufällig am Wohnhaus vorbei, denke permanent an Person X, spiele immer wieder die Musik, die ihr beim Ficken gehört habt, spreche mit allen Freunden nur noch über Person X, onaniere, denke dabei an Person X.

Gib dem Schmerz die Erlaubnis, sich bis zum Letzten in dir auszubreiten. Lass dich davon prägen. Lass nie wieder einen anderen Menschen in dein Leben.

Gib nie die Hoffnung auf, dass Person X zu dir zurückkehrt.

ICH WERDE NEUERDINGS von ihm kritisiert, weil ich zu unruhig schlafe oder zu leise spreche oder zu schnell oder weil ich ihn unterbrochen habe.

Aber ich beschwere mich nicht, es stünde mir nicht zu, mich zu beschweren. Ich versuche doch sowieso, so lieb und harmlos wie möglich zu sein.

Sanft wie ein Schaf bin ich an seiner Seite geworden und milde wie ein Engel.

Leise husche ich durch meine Gemächer, immer mit einem heiteren Lächeln auf den Lippen.

Meine Stimme ist höher geworden, aber dafür spreche ich leiser. Ich flöte in einer Art ewigem Singsang.

„Haaaallloooo …", sage ich in den Telefonhörer. Meine Nachrichten beginne ich mit „Huhu".

Ich rege mich über gar nichts mehr auf, ich verlange nichts, ich erwarte nichts.

Ich habe nicht mal mehr unterschwellige Aggressionen.

Was ihn betrifft, bin ich total locker und entspannt.

Ich weiß doch, dass ich nicht die Ultima Ratio bin, das hab ich doch schon längst geschnallt, dass ich in seinen Planungen usw. überhaupt nicht vorkomme.

Ich bin dumm, aber doch nicht so dumm zu glauben, dass ich Schokolade und Analverkehr und Pfefferminztee gegen Liebe eintauschen könnte.

Das ist ok, denn ich weiß jetzt, was gegen die Hoffnungen und die falschen Hoffnungen und die Zweifel und gegen die Enttäuschungen und die falsche Zufriedenheit hilft:

Einfach so tun, als ob nichts wäre. Einfach gute Laune haben. Lächeln. Leise singen. Nicht immer alles so überdramatisieren.

Es war nicht leicht für mich, an diesen Punkt zu kommen: Ich bin kompliziert, hysterisch, launisch, unausgeglichen und träge. Das hat schon Mutter immer zu mir gesagt.

Ich war Einzelkind einer Alleinerziehenden, was soll dabei schon herauskommen? Ein emotionaler Krüppel natürlich.

Ich habe alles probiert, um meinen Charakter zu verbessern.

Ich habe alles probiert, aber nichts hat geholfen.

Immer blieb da dieses Gefühl, der letzte schmutzige Wurm zu sein, der über den Erdboden kriecht.

Faul und träge, unehrlich und arrogant, kalt und berechnend, schmutzig und käuflich.

Aber ich hab geschafft, das zu verbergen. Bisher hat das noch niemand gemerkt, außer ihm natürlich.

Aber er ist trotzdem bei mir.

Ich habe jetzt also sogar wieder einen Mann, und alles ist perfekt und ich entspanne mich und esse auch wieder regelmäßig, und seitdem er bei mir ist, schlafe ich auch viel besser, und ich habe zugenommen und jetzt gehen meine Hosen nicht mehr zu, und ich denke, ja, genau, du Miststück, mach einfach nur noch 30 Jahre genau so weiter oder 40 oder 45, und dann bist du endlich tot.

Aber wie soll ich das Leben bis dahin aushalten?

Ich bin doch jetzt schon so müde.

Müde und böse, böse und müde.

Ich nehme alles, um aufzuwachen, aber ich werde einfach nicht mehr wach. Ich taumle herum wie ein halb erfrorener

Schmetterling und ich merke gar nichts mehr und das ist so schade, denn ich stehe doch so drauf, was zu merken.

Ich merke nichts mehr und er darf nicht merken, wie es mir wirklich geht.

Wie ich alles anzweifle und durchdrehe, weil es keine Sicherheit gibt.

Weil er jeden Moment gehen kann. Wenn ich ihn nerve oder einfach so oder weil er irgendwo eine andere hat. Er ist doch die ganze Zeit am Chatten, da waren sogar Herzchen dabei. Mir hat er noch nie Herzchen geschickt, immer nur Smileys und Raketen.

So hatte ich mir das nicht vorgestellt.

Kein Schweben mehr, kein Singsang.

Ich habe solche Angst ihn zu verlieren und jetzt bin ich auch noch eifersüchtig.

Ich will mich einfach nur noch an ihn schmiegen und mich an ihm festsaugen und ihn umklammert halten und mich für immer hinter seinen breiten Schultern vor der Welt und seiner geheimen Flamme und sogar vor ihm verstecken.

Ich traue mich sowieso nicht mehr raus, schleimig und unbrauchbar und wertlos, wie ich bin.

Keine Chance: Je lieber, sanfter und anhänglicher ich werde, umso mehr stößt er mich weg.

Er hat mich am Nacken gepackt und mich mit der Nase in meine schleimige Liebe gestoßen, so wie man eine Katze, die nicht stubenrein ist, mit dem Gesicht in ihre Scheiße drückt.

Ich bin nur noch eine einzige Schande und Peinlichkeit für alle.

Ich stehe unter dauerhaftem Verdacht.

Ich versuche, so diskret und beständig lächelnd und komplett uneigennützig wie möglich auf ihn zu wirken, es sogar zu sein, um wirklich glaubhaft zu erscheinen.

Aber so dumm ist er nicht, sich davon einwickeln zu lassen. Er durchschaut mich komplett. Hat er ja schon von Anfang an.

Er hat kapiert, dass ich ihn auffressen will.

Da kann ich noch so bescheiden und unterwürfig tun. Es hat keinen Sinn. Er hat Recht.

Das ist alles nur ein Trick.

Ich will ihn durch Unterwürfigkeit an mich binden.

Ich tue alles für ihn, damit er sich mir dadurch verpflichtet fühlt.

Ich will absolute Sicherheit. Er soll für immer in meinem Bett liegen bleiben und mich niemals mehr verlassen.

Weil ich Angst vor dem Alleinsein habe und total unreif bin.

Deswegen kann ich keine Beziehung auf Augenhöhe führen, deswegen muss ich mich Männern unterwerfen und gleichzeitig sollen sie aber finanziell und körperlich von mir abhängig sein.

Doppelt hält besser.

Unsinn. Eigentlich ist er doch ganz lieb.

Und wie bewundernswert von ihm, dass er es so lange mit mir aushält.

Weil ich nach wie vor nicht das Gefühl habe, dass er mich mag.

Jetzt erst recht nicht mehr, wo er doch einer anderen Lady Herzchen smst.

Erstaunlich aber auch, dass er sich das traut, sich dermaßen bei mir breitzumachen.

Warum ist er bei mir, warum geht er nicht zu ihr und lässt mich in Ruhe?

Lange wird es ja wohl nicht mehr dauern.

Oder soll ich ihn sofort rauswerfen? Aber vielleicht tue ich ihm Unrecht. Vielleicht waren das berufliche Herzchen. Vielleicht wird er mir auch mal welche schicken, wenn ich noch ein wenig Geduld mit ihm habe.

Was ist mir lieber? Ihn bei mir zu Hause zu haben oder Herzchen von ihm gesmst zu bekommen. Na?

Eben. Es läuft prima. Ich bin extrem happy.

ES GAB NUR einmal Ärger in diesen Tagen und zwar, als ich ihm vom Einkaufen keine Buttercremetorte mitgebracht hatte.

Da wäre er fast ausgerastet so zornig war er, als ich das Zimmer betrat, wo er auf meinem Bett lag wie immer fest mit seinem Handy verbunden. (Herzchen????)

Wie böse er zischte, dass er mir doch extra gesagt habe, ich soll ihm welche mitbringen. Hastig erklärte ich dem Grimmigen, dass ich es ja bei drei Bäckern versucht hatte, aber mich mit der Zeit verschätzt, die hatten alles schon weggeräumt, Samstag kurz vor 18 Uhr wärs halt schwierig mit Buttercremetorte, das war ja mir ja vorher auch nicht so klar gewesen. Aber ich sei doch auch im Netto gewesen, bei Netto hätte ich ihm doch was aufstellen können, schäumte er.

Ich erklärte beflissen weiter, obwohl es ihn mittlerweile schon spürbar langweilte, er hatte mir schon zu lange am Stück zuhören müssen, aber ich wollte mich unbedingt rechtfertigen, ich wollte, dass er verstand und verzieh.

Also traute ich mich und redete weiter, obwohl er längst wieder auf seinem Handy herumtippte und mir somit signalisierte, dass seine Sprechstunde vorüber war.

Ich hätte beim Netto deswegen nicht nach Buttercremetorte oder adäquatem Ersatz gesucht, sagte ich nun zu seinem gesenkten Schädel, weil ich ja eigentlich geplant hatte, *nach* dem Einkauf beim Netto zum Bäcker zu gehen, sagte ich.

Weil ich ihm ja etwas Gutes hatte tun wollen, und das wäre frische, richtige Buttercremetorte vom Bäcker gewesen und kein Tiefkühlindustriekram vom Netto.

Da er mir nun aber nicht mehr antwortete, ging ich in die Küche und machte ihm ersatzweise Toastbrote mit Marmelade, und ich fand auch noch Schokolade in der Schublade und die legte ich dazu und dann brachte ich ihm den Teller mit den Toastbroten und der Schokolade ans Bett.

Ich war ihm nicht böse. Wenn er sich darüber erregte, dass ich ihm das versprochene Tortenstück nicht gebracht hatte, war er seinen Gefühlen genauso hilflos ausgeliefert wie ich meinen Gefühlen für ihn.

Er hatte sich genauso wenig im Griff wie ich mich.

Vielleicht hatten er und ich als Kinder oder in einem früheren Leben zu wenig Torte und zu wenig Liebe bekommen.

Sowas schweißt zusammen.

Er sah nicht zu mir hin, als ich wieder ins Zimmer huschte und den Teller neben ihm auf dem Nachttisch abstellte.

So dass ich nicht sicher war, ob er es überhaupt bemerkt hatte.

„Toastbrot mit Marmelade", singsangte ich. „Und Schoko-laaaade!", und streichelte ihn leicht über den muskulösen, perfekt proportionierten Bizeps.

Er zog den Arm von mir weg, sah nicht mich an, sah nur kurz auf den Teller und sagte, das wäre alles nicht dasselbe wie Buttercremetorte.

Also huschte ich rasch wieder hinaus, ging in die Küche und packte die Einkäufe aus, das Brot, die Butter, den Käse, die Wurst, die Milch, die Äpfel, die Bananen.

Ich räumte in der Küche herum, während stumme Tränen meine Wangen hinunterliefen und ich mich selbst wegen meiner Hinterhältigkeit und Verschlagenheit anklagte, die er natürlich durchschaut hatte und wegen der ich jetzt von ihm zu Recht bestraft wurde.

Denn als ich vorhin zum Einkaufen losging und als alles noch in Ordnung war, als er mich bat, ihm ein Stück Buttercremetorte mitzubringen, hatte ich gesagt:

„Aber ich bringe dir nur welche mit, wenn du mich umarmst."

Und ich hatte mich mit meinem ganzen Körpergewicht auf ihn gelegt, obwohl ich schon in Schal und Mantel war und er wehrlos im Bett lag.

Er nahm mich also, um ein Stück Buttercremetorte zu bekommen, in den Arm und das war so schön, so wunderschön, aber zu kurz, viel zu kurz und das hatte mir nicht gereicht und darum eigentlich auch schon wieder enttäuscht und verletzt.

Vielleicht habe ich ihm deswegen keine Buttercremetorte mitgebracht, unterbewusst, dachte ich.

Vielleicht wäre ich bei einer längeren, herzlicheren, liebevolleren, ehrlicheren Umarmung auch noch den Umweg zu einem vierten und fünften Bäcker und bis ans Ende der Welt und zurückgegangen und hätte niemals aufgegeben und nicht gedacht:

„Was solls, dann kriegt er eben keine Buttercremetorte, denn es ist kalt draußen und ich bin müde und der Beutel mit den Einkäufen schneidet in meine Schulter."

Ich räumte in der Küche herum und fühlte mich mies und stumme Tränen liefen aus meine Augen wie Wasser und das war gut so.

Ich hatte mir angewöhnt, in seiner Gegenwart auf diese Art zu weinen. Ohne Schluchzen, fast ohne Rotz, denn wenn er mich dabei erwischte, gab es riesigen Ärger. Er konnte einen dann eiskalt minutenlang beschimpfen.

Ich hatte mir deswegen beigebracht, in seiner Gegenwart zu weinen wie eine Stummfilmheldin. Sogar ohne rote Augen davon zu bekommen, nur so einen sexy feuchten Schimmer.

Es war gigantisch wie immer. Aber danach sagte er das, was ich die ganze Zeit gefürchtet, erwartet, erhofft hatte:

Er müsste demnächst seine Abreise organisieren. Wegen eines Jobs und seiner erkrankten Mutter und er wisse übrigens auch gar nicht, ob und wann er wiederkäme, er hätte schon länger von Berlin die Nase voll und Jobs gäbe es hier für ihn auch nicht.

Dann stöpselte er die Kopfhörer ein und sah sich irgendwas auf seinem Handy an (hatte seine neue Freundin ihm geschrieben?) und ich drückte mich schniefend an die kalte Wand und weinte Stummfilmtränen.

KURZ VOR WEIHNACHTEN war es soweit. Der Termin seiner Abreise stand fest.

An unserem letzten gemeinsamen Abend, lag er neben mir auf dem Rücken, mit dem Smartphone in den Händen, las die Bild und schickte Herzchen und animierte GIFs an seine Freundin, und ich machte den Koala, klebte an ihm, drückte meine Nase in das weiche Fell um seinen Bauchnabel, streichelte seine Lenden, kraulte seine Eier, umwickelte seine Beine mit meinen Beinen, rieb mich an ihm und hörte mit halbem Ohr zu, wenn er sich über die deutsche Politik, die deutsche Bahn, die deutsche Wirtschaft beschwerte.

Er fährt weg, aber natürlich kommt er wieder, sagte ich mir.

Kein Grund, durchzudrehen, alles ist ok. Er hatte mir sogar versprochen, während seiner Abwesenheit mit mir zu telefonieren. Vielleicht würde er mir aus der Ferne auch Herzchen telegrafieren! Ich freute mich beinahe darauf.

Ich streichelte ihn und fühlte mich geborgen und gleichzeitig erregt. Wie habe ich es geschafft, mir so einen seltsamen Kerl anzulachen, so einen typischen Deutschen, dachte ich bezaubert.

Ich schloss die Augen, inhalierte seinen Duft und dachte an Kuckucksuhren, Schrankwände, Buttercremetorte, Filterkaffee mit Sprühsahne, saure Gurken, Bungalows, Kieswege, Gartenzwerge und fand das alles so gut und richtig.

Er und ich. Dachte ich. Wir gehören zusammen. Sind Dualseelen, Seelenpartner, Significant Others.

Es war so unendlich angenehm, seinen Körper zu berühren. Falls nicht er und ich es taten, so gehörten doch sein Körper und ich zusammen.

Ich liebte ja sogar seine Körpertemperatur!

Es ist schwer, das zu erklären. Wie ließe sich denn eine menschliche Körpertemperatur beschreiben, ist sie denn nicht bei allen gleich?

Nun, seine war eben anders, war besser, nicht zu heiß, nicht zu kalt. Genau richtig auch nicht. Vielleicht ein zehntel, ein hundertstel Grad mehr als genau richtig und genau deswegen genau richtig für mich.

Was würde es bringen, hier die Details zu erzählen und dadurch zu versuchen, zu ergründen, wie es denn nun genau dazu kam, dass er wenig später wutschäumend seine Sachen packte und für immer fortging.

Es würde so wirken, als würde ich mich als Opfer hinstellen wollen und ihn als Täter.

Es würde den Anschein machen, als sei ich rachsüchtig und würde abrechnen wollen und schmutzige Wäsche waschen und ihn anprangern, weil er nicht mehr nach meiner Pfeife tanzen wollte oder sich von mir nicht unter Druck setzen lassen, dabei führte ich dergleichen niemals im Schilde. Wenn überhaupt, dann nur für einen Wimpernschlag, wegen dem, was an diesem letzten Abend zwischen uns vorgefallen ist, aber wie und wem könnte ich das beweisen?

Sooft ich an diese letzten gemeinsamen Stunden zurückdenke: Die Einzelheiten ergeben kein Bild.

Sein Verschwinden ergibt für mich im Nachhinein immer noch genauso wenig Sinn wie sein Erscheinen.

Jedenfalls, ich näherte mich an und er wies mich zurück und ich fing schon wieder an zu heulen, weil ich irgendwie überhaupt keine Persönlichkeit mehr hatte, und er tobte, ich solle das Geheule und Getue lassen.

Schon wieder würde ich aus dem Nichts heraus in Tränen ausbrechen und er hätte mir schon 1000mal gesagt, dass das so mit ihm nicht liefe, und die Nummer könne ich vergessen, er lasse sich sowas nicht bieten.

Und ich bräuchte bei ihm nie wieder anzukommen, das sei es jetzt wirklich gewesen.

Das war in diesem Fall nicht sehr tröstlich. Jedenfalls habe ich nicht geantwortet, nur geheult oder möglicherweise doch geantwortet.

Aber ich sage nicht, was, denn jetzt sitze ich am längeren Hebel und nicht mehr er und ich entscheide, was ich erzähle und was nicht.

Und während ich sagte, was ich sagte, und er sagte, was er sagte, zog er sich an und packte seine Sachen und ging fort.

„Bitte komm zu mir zurück!", habe ich ihm noch geschrieben und diesmal kam sofort eine Antwort (ganz ohne Emojis): „Du existierst für mich nicht mehr."

Und seitdem habe ich nie wieder etwas von ihm gehört.

Er ist fort und er war nicht da, denn er war nicht der, für den ich ihn gehalten habe, aber ich weiß auch nicht, wer er stattdessen war.

Also gab es ihn nicht, jedenfalls nicht für mich.

Wenn es ihn für mich nicht gab und ich für ihn nicht mehr existiere, dann gibt es uns beide nicht und wenn es uns nicht gibt, kann zwischen uns auch nichts passiert sein.

Wenn zwischen uns nichts passiert ist, dann habe ich mir das alles nur eingebildet und das ist schlimm. Aber besser so.

RAUM FÜR NOTIZEN

Ruth Herzberg
bei mikrotext

Ruth Herzberg: Wie man mit einem Mann glücklich wird

Wie man ausgeht und dann doch keine Affäre hat. Wie man den Sonntag zweisam im Bett bleiben will und die Kinder ständig was essen wollen. Wie man mit Fakeaccounts Sexanfragen bekommt.

Ruth Herzberg nimmt uns mit in den oft skurrilen Alltag einer Patchworkfamilie. Ihre Gedanken und Hoffnungen und Wünsche und Enttäuschungen treffen direkt ins Herz: Was wollen wir vom Leben und von der Liebe? Und macht nicht genau das Unperfekte ein echtes Leben aus? Wenn es so etwas wie die romantische Ironie des 21. Jahrhunderts gibt, dann hat Ruth Herzberg sie jetzt erfunden.

„Ruth Herzberg ist die Miranda July Deutschlands."
Klarmann, Amazon-Rezension

Weiterlesen

Björn Kuhligk: Schöne Orte
Björn Kuhligk fotografiert mit seinem Smartphone seltsame Orte und postet sie auf Instagram und Facebook. Auf seinen fotografischen Streifzügen betritt er Hinterhöfe und schaut sich die Rückseiten von Gebäuden genauer an, mehr oder weniger unerlaubt. Dort entstehen Aufnahmen, die kein Google Street View einfangen kann. Menschen sind nicht zu sehen, nur ihre verblichene Anwesenheit und ihre Hinterlassenschaften. Fotos wie Bühnenbilder, wie seltsame Tatorte oder Bildgeschichten.

„Der Trotz der leeren Haltestelle. Die Einsamkeit der Mülltonnen. Oder Allzumenschliches ohne Mensch. Das sind so Titel, die einem zu Björn Kuhligks Fotografien einfallen. Auf Kuhligks Instagram- und Facebook-Seite heißen die Bilder alle gleich: schöne Orte. Im Mikrotext-Verlag sind sie jetzt erschienen: als schönes Buch."
Barbara Weitzel, WELT

„Schöne Orte, die so aussehen, als seien sie aus der Zeit gefallen und hätten noch keine neue gefunden."
Erik Heier, TIP Berlin

**Anaïs Meier: Über Berge,
Menschen und insbesondere
Bergschnecken**

Brave Bürgerinnen und Bürger
spüren das Außerordentliche
heftig in sich pochen. Es sind
Menschen von gegenüber,
Menschen aus dem Dorf, Menschen, die wir alle kennen, die
hier portraitiert werden. Die weitgereisten Althippies,
der Hipsterkoch und die Erfinderin der Crazy Ellipse
– sie alle machen die Schweiz zu dem, was sie ist: ein
Rencontrée der Sonderlinge.

*„Ich habe dieses Buch mit Haut und Haaren verschlungen
und es für einen der besten deutschsprachigen Texte
befunden, die ich in letzter Zeit gelesen habe. Humor
und nicht nur Ab- sondern auch Tiefgründigkeit sind
hier polyamourös vermählt. Glücklich, denn sie dürfen
gleichermaßen in diesen kleinen Prosaperlen ihre Geltung
entfalten. Ein ausnehmend einnehmender Schreibstil!"*
Sofie Steinfest auf Amazon

*„Hier ist eine Autorin am Werk, die das neuste Autorinnen-
genie der Schweiz werden möchte. Das finde ich echt mal
einen Boss Move."*
Marion Regenscheit, Podcast Buch Basel

© mikrotext 2021, Berlin

www.mikrotext.de

3. Auflage 2025

Coverfoto: Felix Höfner
Cover: Inga Israel
Satz: Sarah Käsmayr
Schriften: PTL Attention, Zenon, Minion
Druck und Bindung: CPI Books, Leck
Printed in Germany

ISBN 978-3-948631-06-2

PRODUKTSICHERHEIT
mikrotext Verlag
c/o Colonia Nova
Thiemannstr. 1 · 12059 Berlin
produkt@mikrotext.com
Sicherheitshinweis entsprechend
Art. 9 Abs. 7 S. 2 der GPSR entbehrlich.